ŒUVRES

D'AUGUSTE ABADIE.

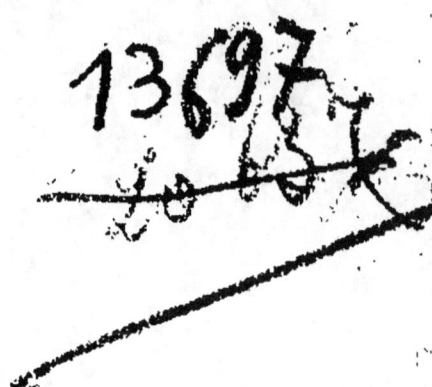

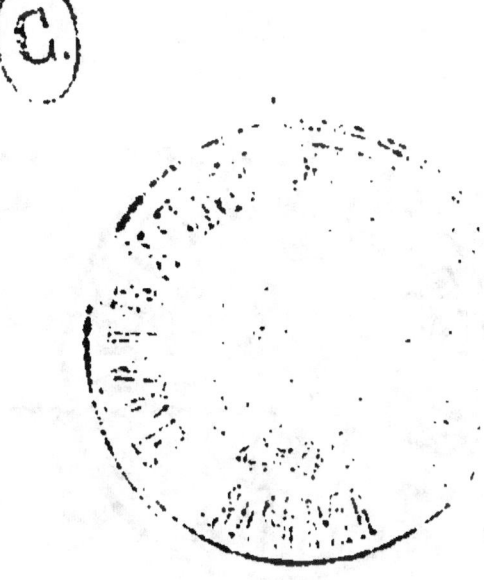

BRUXELLES. — TYP. DE J. VANBUGGENHOUDT.

ANATHÈMES ET LOUANGES.

LES
RÉGIONS DU CIEL,

PAR

AUGUSTE ABADIE.

BRUXELLES,

J.-B. TARRIDE, LIBRAIRE-ÉDITEUR,

RUE DE L'ÉCUYER, 8.

1856

LIVRE PREMIER.

—

ANATHÈMES ET LOUANGES.

> Et moi, je ne vous dis pas par
> quelle autorité je fais ces choses.
> MARC, 11,53.

LES BIENFAITS.

Dites à la fille de Sion : Voici
que ton roi vient à toi, plein de
douceur.

MATH., 21, 5.

Pourquoi ne suis-je né comme ceux dont la vie
A vous louer, Seigneur, est toujours asservie ?
Ah ! que n'ai-je reçu plus de foi, plus d'amour
Pour chanter vos bienfaits à chaque instant du jour !
Accordez-moi, Seigneur, le don de la parole ;
Donnez à mes accents un seul mot qui console,
Un amoureux soupir qui soit digne de vous,
Un reflet de votre ombre, un son pieux ou doux.
Et ma voix montera jusqu'aux voûtes gothiques
Des monuments chrétiens, des riches basiliques,

Vous bénissant, Seigneur, et vous nommant tout haut
Du nom de Tout-Puissant et du nom de Très-Haut.
J'apprendrai vos bontés au peuple de nos villes.
Et leur dirai : Voyez! Dieu rend nos champs fertiles,
Il emplit nos greniers, à la belle saison,
Des fruits mûrs et dorés d'une riche moisson ;
Il couvre les coteaux de verdoyantes nappes,
Fait jaunir les raisins suspendus à leurs grappes,
Et met dans nos celliers des vins purs et fumeux
Qui raniment nos sens et nous rendent heureux.

Je leur dirai de plus, dans ma reconnaissance :
Adorez de son nom l'éternelle puissance!
Levez les yeux au ciel et voyez ce soleil
Qui vient, dans sa splendeur, montrer son front vermeil!
Les temps qui ne sont plus recevaient sa lumière,
Et rien n'a dérangé sa brillante carrière.
Tous les jours il revient dans son cours assidu,
Comme un ardent foyer, dans les airs suspendu,
Saluer l'Éternel, l'inonder de sa flamme,
Tandis qu'à ses rayons se reflète notre âme.

O peuple mécréant qui ne sus jamais voir
Les merveilles qu'au ciel Dieu mit pour t'émouvoir!
Dessille donc tes yeux et vois si dans l'espace
Du suprême pouvoir il n'est point d'autre trace !
Lorsque la nuit est calme et que le ciel est pur,
Que font ces yeux dorés dispersés dans l'azur ?
Quelle main les conduit dans la plaine éthérée
Et les guide et leur donne une marche assurée ?

Qui fait mouvoir ce monde aux feux éblouissants,
Tantôt en pleine lune et tantôt en croissants ?
Ah ! c'est Dieu, toujours Dieu ! tous les soirs il disperse
Ces millions de clartés, de son trône il les verse,
Et c'est une jonchée, aux ravissantes fleurs,
Dont nul mortel pinceau n'a saisi les couleurs.

Ainsi passant ma vie à chanter vos louanges,
Je parlerai des saints, je parlerai des anges,
J'écrirai, jour par jour, un poëme éternel
Commencé sur la terre et fini dans le ciel ;
Et de mes lourds travaux, dont la chaine me lasse,
Je verrai disparaitre et le poids et la trace,
Pour un rêve plus beau, pour un bien plus certain,
Dont le charme pieux me bercerait sans fin.

Si mon bonheur est grand, bien douce est mon ivresse !
Vous me donnez, Seigneur, un moment d'allégresse !
Vous m'éclairez, la nuit, par les soleils couchants
Dont j'aime les reflets lorsque j'écris ces chants ;
Vous donnez à mon cœur d'ineffables délices ;
Oh! de ce même cœur acceptez les prémices.
Que mes faibles accords redisent votre nom ;
Que votre volonté confonde ma raison ;
Et sitôt que mes yeux verront naitre l'aurore,
Je vous dirai, Seigneur, oui, c'est vous, que j'adore.

LA FIERTÉ DU SIÈCLE.

Alors Jésus parla à la multitude
et à ses disciples, disant :
MATH., 23,1.

Quiconque de mon nom rougira sur la terre,
Plus tard, je rougirai de lui devant mon père.

C'est là votre parole ! et souvent dans mon cœur
J'en méditai le sens, tout saisi de frayeur.
Mais dissipant bientôt, dans mon indépendance,
Cette crainte éphémère, enfant de l'ignorance,
Je rassemble la foule et je lui dis tout haut :
A ce divin arrêt je ne fais point défaut !
Si ma lyre a des sons, elle aura des louanges
Pour exalter celui que révèrent les anges,

Pour chanter les splendeurs du maître de nos jours,
Et non pour vous livrer l'hymne de mes amours.
Quelquefois, redisant de chastes harmonies,
Mon âme ressentit des douceurs infinies,
Des plaisirs dont le charme, au poëte connu,
Me berça lentement comme un rêve ingénu.
Si l'amour du Seigneur me procura la joie,
Lorsque au milieu des pleurs ma paupière se noie,
Dois-je, à mon tour, rougir de redire son nom ?
Dois-je trembler, frémir ? Oh ! mon cœur me dit non,
Et ce non répété le jour, la nuit, dans l'ombre,
A trouvé des échos dont j'ai perdu le nombre.
Il me faut donc parler, sans crainte et sans rougir,
Des choses que mes yeux verront naître et surgir.
Je ne choisirai point ni l'instant, ni la place,
Une âme courageuse à tous s'exprime en face.
Bien d'autres avant nous, dignes d'un plus haut rang,
En avouant leur foi, sacrifiaient leur sang.
Et moi, pauvre ignorant que nul trouble n'assiége,
De la fierté du siècle ai-je entrevu le piége ?
Et parce que c'est Dieu que je voudrais nommer
La honte sur mon front doit-elle s'imprimer ?
Non, cent mille fois non ! ma lyre est trop fidèle
Pour avoir des soupirs qui ne soient dignes d'elle.

Dans ces chants, dans ces vers, Dieu seul m'inspirera ;
Je méprise le mal que l'impie en dira ;
Je ne me trouble pas de sa haine orgueilleuse,
Ni du poison vivant de sa langue railleuse :
J'ai pour me consoler un précepte divin ;
Mais chez lui ce précepte arriverait en vain.

Je suivrai donc ma route et sans jamais répondre ;
Le silence, envers lui, suffit pour le confondre,
Et je bénirai Dieu, comme ses vrais enfants,
Que son œil encourage et qu'il rend triomphants.

LA PAROLE DIVINE.

Si quelqu'un mange de ce pain,
il vivra éternellement.
JEAN, 6,52.

Vous l'avez dit, Seigneur, et l'homme ne vit pas
Avec le pain grossier qu'il prend dans ses repas ;
Il lui faut mieux encore, et c'est votre parole
Qui de ce monde impur le sépare et l'isole ;
Il lui faut les transports qu'inspirait votre voix,
Lorsqu'en se recueillant, les peuples d'autrefois,
Prêtaient à vos discours leur âme émerveillée
Et peuplaient, sur ses bords, la mer de Galilée.
Vous suiviez votre route, et toujours guérissant
Celui qui, plein de foi, vous nommait en passant.

Votre nom est redit dans toute la Syrie,
Et c'est vous qu'on invoque et c'est vous que l'on prie.
Depuis la Décapole aux rives du Jourdain,
Votre parole au peuple était son meilleur pain.
Chacun de vos accents l'attendrit et le touche,
C'est un ruisseau de miel sortant de votre bouche
Qui s'ouvre, avec amour, en disant : « Bienheureux
Les pauvres en esprit, le ciel sera pour eux.
Bienheureux sont les doux, leur cœur est sans alarmes ;
Encore bienheureux ceux qui versent des larmes,
Ils seront consolés en arrivant aux cieux,
Bienheureux ceux qui sont miséricordieux,
Car entre les faveurs que l'Esprit saint accorde
Ceux-là même obtiendront, pour eux, miséricorde.»
Ainsi vous nous parlez un langage béni
Qui nous donne. ô Seigneur, un bonheur infini.
Vous remplissez nos cœurs de paroles sublimes
Et vous nous apprenez de pieuses maximes.
La foi du centenier, l'aveugle du chemin,
Le charitable amour du bon Samaritain,
Sont les tableaux chrétiens que l'univers admire,
Où toujours votre nom se reflète et se mire.

Aux heures d'amertume, où notre foi se perd,
Et lorsque du vrai bien notre esprit est désert,
Il est doux, ô mon Dieu, d'écouter vos paroles
Glissant jusques à nous, comme un vent dans les saules,
Ou comme le parfum d'une odorante fleur
S'échappe du calice et répand son odeur.
Il est doux de s'enfuir dans le vallon champêtre,
Et, s'asseyant aux pieds d'un platane ou d'un hêtre,

De relire tout bas ce grand livre éternel,
Transcrit par chaque apôtre et dicté par le ciel ;
Ce livre tout-puissant, ce livre indélébile,
Et que chez les chrétiens on nomme l'Évangile.
Il contient l'espérance et la vie et l'amour,
Il dévoile à nos yeux l'éclat d'un plus beau jour,
Un horizon plus rouge, une plus blanche aurore ;
Et quand on ne lit plus, notre âme rêve encore.

Si l'on ne peut goûter les charmes du vallon,
Ni voir les lacs de feu d'un brillant horizon ;
Si l'œil ne peut se perdre au milieu des nuages,
Ni découvrir au loin la source des orages ;
Si par un cercle étroit il reçoit sa clarté
Et n'a pour s'y plonger la vaste immensité ;
Si l'homme est enfermé dans les murs d'une ville,
Et que dans sa maison pour jamais il s'exile,
Qu'il se hâte d'ouïr, au faîte du saint lieu,
Une voix qui l'appelle et le ramène à Dieu.
Cette voix parle à tous, et c'est la cloche sainte
Qui lentement s'ébranle et répand dans l'enceinte
Ses soupirs argentins, ses tintements joyeux,
Bruit mouvant qui s'envole et nous précède aux cieux.
Et là, sous les arceaux et les graves ogives,
Où les flammes des cœurs sont encore aussi vives
Que chez les pénitents isolés sur les monts,
Nous disons : Oh ! mon Dieu ! c'est vous que nous aimons.
Alors une autre voix, plus mâle et plus vivante
Que celle de l'airain, qui naïvement chante,
S'élève, comme fait le roulis sur les flots,
Et d'un sermon pieux laisse tomber les mots.

C'est toujours votre voix, ô Seigneur notre maître,
Et l'on croit vous entendre en écoutant le prêtre.
De Pierre votre apôtre, il reçut le pouvoir
De raffermir notre âme et de nous émouvoir,
De nous parler de vous et des choses mystiques
Que nous font révérer leurs souvenirs antiques,
Des anges, des vertus, du ciel et des élus,
Et d'un futur bonheur pour nos jours révolus.

Puisque c'est vous, mon Dieu, qui parlez par sa bouche,
Que votre voix arrive au chevet de ma couche,
Lorsque de ma vigueur s'éteindra le flambeau,
Que vous rallumerez dans un règne plus beau ;
Et faites que votre ange, à mon heure dernière,
Rappelle à mes esprits la cloche, la prière,
Les sons de votre voix, les cantiques pieux,
Et qu'il prenne mon âme et la conduise aux cieux.

LES MÉCHANTS.

Les blasphèmes, les mensonges,
l'homicide, le vol et l'adultère
ont inondé la terre.

OSÉE, 4, 2.

Comme aux jours de Moïse et des anciens prophètes,
Je viens vous reprocher tout le mal que vous faites.
Il m'est permis, à moi, de vous parler tout haut;
A l'instant j'en reçois le pouvoir du Très-Haut.
Vous savez que j'étais comme un bourgeon sauvage,
Qui pour s'épanouir des jours attend son âge,
Quand le Seigneur m'a dit : « Enfant, je t'avertis
Que ta voix doit frapper les hommes pervertis.
Le travail a ton bras, moi j'aurai ta parole
Que mon souffle enverra d'un pôle à l'autre pôle.

Pour toi ne crains jamais ; je viendrai t'éclairer,
Et lorsqu'il le faudra, je saurai t'inspirer.
Ne t'inquiètes pas du moment ni de l'heure ;
Ma voix arrivera jusques en ta demeure,
Et quand je parlerai, voudrais-tu sommeiller,
A mon premier appel, tu devras t'éveiller. »

Eh bien ! Seigneur, parlez, et mes doigts vont écrire
Ce qu'il vous conviendra de me faire redire.
Le silence m'entoure, et, seul, dans ce moment
Je prête mon oreille avec recueillement.
Vous voulez des méchants exterminer la race ?
Pour cette fois encor, Seigneur, faites-leur grâce !
Vous êtes le Dieu bon qui toujours pardonnez ;
Et peut-être à vos pieds ils seront ramenés.

Et vous, enfants maudits, vous que l'enfer appelle
Pour donner à ses feux une flamme plus belle,
De quel poids votre cœur se trouve-t-il chargé ?
Et comment votre esprit a-t-il sitôt changé ?
Auriez-vous renié les jours où votre enfance
S'écoulait dans la paix, la joie et l'innocence ?
Ces jours où le bonheur charmait vos jeunes ans,
Et n'aviez de soucis que vos jeux innocents ?
Tous ces riants plaisirs, loin de votre mémoire
Se sont évanouis pour des rêves de gloire,
Pour des biens incertains, qui tentent votre orgueil,
Mais que vous laisserez aux portes du cercueil.

Les crimes sur vos fronts paraissent en grand nombre ;
On les voit aux reflets que projette votre ombre,

Et l'on n'a pas besoin de lire dans vos yeux
Pour voir si vos forfaits ont outragé les cieux.
Vous avez beau cacher votre figure blème ;
On sait que votre langue à chaque instant blasphème,
Que vous prêtez la main à l'injustice, au vol,
Et que vous n'avez pas l'amour qu'avait saint Paul.
Ah ! si vous ne changez de goûts et de caprices,
Si vous n'éloignez pas les penchants et les vices,
Qui, dans ce siècle impur, vous rongent tout entiers,
Vous ne deviendrez pas du ciel les héritiers.
Des fleuves de malheurs pèseront sur vos têtes,
Et Dieu, même en ce monde, ira troubler vos fêtes ;
Il vous écrasera de son bras éternel ;
Il vous abreuvera d'amertume et de fiel ;
Et le pain quotidien, que sa bonté vous donne,
Sera diminué de moitié par personne.
Les ceps de vos coteaux n'auront plus de raisins,
Et l'eau remplacera les liqueurs et les vins.

Si vous faites le mal, vos champs seront arides ;
Les épis du froment seront légers et vides ;
·t lorsque arrivera le jour de la moisson
 ous direz : Le poëte a quelquefois raison !
 oëte c'est trop peu ; dites donc le prophète !
 es éclairs flamboyants se croisent sur ma tête,
 ·t pendant que j'écris, une sainte ferveur
 ·mbrase tous mes sens et consume mon cœur.

 ui ne pourra me dire, en sa fureur méchante ;
 ·u nous fais des récits que ta folie invente !

                                        2

Nul autre ne dira : Vous en avez menti ;
Et vous, de nos fléaux, n'êtes pas averti !
Eh bien ! je vous réponds : O mécréants infâmes,
Si vous ne me croyez, Satan aura vos âmes ;
Des monstres calcinés, au corps hideux et noir,
A l'heure du trépas accourront pour vous voir ;
Leurs yeux vous guetteront, et sitôt que le râle
Etouffera sa voix lugubre et sépulcrale,
Un bras nerveux et maigre alors vous saisira,
Et jusques dans l'enfer il vous entraînera !

JUSTICE ET DESTRUCTION.

> Je frapperai ses enfants de mort.
>
> Apoc., 1, 23.

Sur ce globe de terre où tout meurt et s'écroule,
Chaque jour l'un sur l'autre et s'enfuit et s'écoule.
Encore peu d'instants et rien n'existera ;
Ce qui vit aujourd'hui sur sa tige mourra ;
Les champs ne seront plus ni féconds ni fertiles ;
Une rapide flamme incendiera les villes,
Le soleil paraîtra sans vie et sans chaleur,
L'astre brillant des nuits changera de couleur,
Le ciel refermera ses éclatantes voiles
Et ses plis cacheront ses feux et ses étoiles.

Aux hommes de la terre alors, malheur ! malheur !
Ils seront abattus et saisis de frayeur ;
Le glaive de la mort pèsera sur leurs têtes ;
Des flots inappaisés surgiront les tempêtes ;
Tout sera pèle-mèle, écrasé, confondu,
Jusqu'à ce que du ciel le Christ soit descendu ;
Et son corps paraitra sur la nue enflammée
D'où quatre anges viendront sonner sa renommée.
Leurs trompettes d'acier réveilleront les morts :
Et ceux-ci briseront leurs tombeaux sans efforts ;
Ils ouvriront leur bière, et dans une seconde
Josaphat s'emplira des dépouilles du monde.

LE BONHEUR D'ÊTRE JUSTE.

Bienheureux les pacifiques,
parce qu'ils seront appelés les
enfants de Dieu.
MATH., 5,9.

Le monde vous dira : Poursuivez la fortune;
Chassez de votre toit la misère importune ;
Rassemblez des trésors l'un sur l'autre entassés ;
De l'or, toujours de l'or, sans jamais dire assez !
Heureux, trois fois heureux est l'homme qui possède;
La fortune à nos maux est le meilleur remède.
Le monde vous dira : Jouissez des plaisirs
Que le siècle vous offre, et que tous vos loisirs
Coulent paisiblement dans la joie et ses charmes.

Pour plaire à votre orgueil laissez-vous admirer ;
Les flatteurs et les sots viendront vous adorer.
Montrez-vous au public d'une haute naissance,
Et donnez-vous des airs de fierté, d'insolence ;
Par des titres brillants décorez votre nom ;
Ayez valets, chevaux, et voiture et blason ;
Habitez des palais, des châteaux, des domaines,
Et le bonheur viendra succéder à vos peines...

Erreur que tout cela, mensonge, impiété,
Et ce bonheur n'est pas de la félicité.
Ah ! ce n'est pas ainsi que le Sauveur des hommes
Nous viendrait enseigner dans les temps où nous sommes :
Bienheureux, dirait-il, non ce fier orgueilleux
Qui méprise le pauvre et le rend malheureux,
Non ces vils usuriers, non ces riches cupides,
Qui, lorsqu'il faut donner, ont toujours les mains vides ;
Mais celui qui n'a rien, et dont le cœur est pur,
N'aurait-il d'autre abri que le céleste azur.
Bienheureux, dirait-il, non celui dont l'histoire
Rappelle le triomphe et la vie et la gloire,
Mais l'humble pénitent, touché du repentir,
Qui, de ses yeux mouillés, sent des larmes sortir.
Bienheureux, non celui dont les biens qu'il habite,
Augmentent tous les ans leur cercle et leur limite ;
Mais celui qui désigne aux penchants de son cœur
Les bornes que permet la bonté du Seigneur.
Bienheureux, non celui que la foule proclame
Son prince et son roi, mais celui qui dans son âme
Domine les péchés qu'il aura combattus,
Et dont le seul royaume est celui des vertus.

Bienheureux, non celui qui fut grand, invincible,
Ou qui peut tout briser de son glaive terrible,
Mais celui dont le cœur, affable et généreux,
A chaque instant du jour pardonne aux malheureux.
Bienheureux, bienheureux, non celui qui peut dire :
J'ai ramené la paix au sein d'un grand empire ;
Mais celui qui parvient, en se rendant vainqueur,
A ne donner la paix qu'aux troubles de son cœur.

C'est ainsi que Jésus, le Sauveur qu'on adore,
En venant jusqu'à nous s'expliquerait encore ;
Il parlerait tout haut, sans trouble et sans émoi,
Aux hommes dépourvus et d'amour et de foi ;
Il leur dirait : Méchants et races de vipères,
Auriez-vous oublié l'exemple de vos pères ?
Mon nom de votre cœur est-il donc effacé,
Et votre sang chrétien se trouve-t-il glacé ?
Que vous font les plaisirs et les biens de ce monde,
Quand je peux vous briser en moins d'une seconde ?
Quand je peux, à mon gré, dissoudre l'univers
Et donner votre corps en pâture à des vers ;
Quand je peux au néant vous faire redescendre
Ou bien, pour vous punir, changer vos os en cendre ?

Allons, relevez-vous, je veux dans ma bonté
Vous soutenir encor ; fuyez l'iniquité.
Vous êtes de Satan les funestes victimes ;
Eh bien ! dépouillez-vous du fardeau de vos crimes,
Aux pieds de mes autels, je viens vous ramener ;
Je suis un Dieu clément et je veux pardonner.

Avec moi le bonheur est plus près qu'on ne pense ;
Il est dans la vertu comme dans l'innocence ;
Ailleurs ne cherchez pas ce qui peut rendre heureux ;
Le bien avec le mal ne s'aiment pas entre eux.

VII

LA CONFIANCE EN DIEU.

> Jésus lui dit : Ma fille, votre
> foi vous a guérie ; allez en paix.
> Luc, 8, 48.

Est-ce quand le malheur vous déchire et vous broie,
Comme fait, sur les monts le vautour à sa proie,
Qu'il vous faut envoyer au ciel une oraison ?
Est-ce quand l'incendie a détruit la maison,
Et qu'il vous a laissé des pierres sur des pierres,
Qu'il vous faut demander le secours de vos frères ?
Est-ce quand l'ouragan, sur vos champs mutilés,
A dévasté le seigle et l'avoine et les blés,
Qu'il vous faut au Seigneur offrir votre prière
Et lui dire trop tard : A vous ma vie entière !

Insensés ! apprenez que d'aussi grands fléaux
Par le ciel dirigés, sont pour doubler vos maux,
Et qu'ils ne sont jamais détournés assez vite.
Bienheureux l'humble cœur qui de loin les évite.
Dieu, qui fut toujours bon, vous prévient assez tôt ;
A vous donc de veiller et prier comme il faut.
Sachez que le péché se paie avec usure ;
A vous donc de tenir votre âme toujours pure.

Le temps est à l'orage : encor ne craignez pas ;
Dieu vous donne un moment pour l'invoquer tout bas,
Et si votre prière à son oreille arrive,
La pluie ou l'ouragan prendront une autre rive ;
Sur le toit de l'impie ils iront voltiger,
Ou dans le fond des mers ils iront se plonger.
Si vous n'avez prié, quand arrivera l'heure,
C'en est fait de vos champs et de votre demeure ;
La grêle avec fracas, le tonnerre qui bout,
Frapperont, brûleront et dévasteront tout.

Lorsque depuis huit jours une abondante pluie
Fait succomber un pont sous l'effort qu'il essuie,
Et que dans la rivière un grand débordement
Entraîne enfants, berceaux, maisons, en un moment,
Pensez-vous que l'on peut réparer le dommage,
Et rendre le bonheur aux peuples du rivage ?
D'abord je vous dis non ; mais l'on peut arrêter
Le torrent dans son cours, l'empêcher de monter
Et barrer dans son lit le fleuve ou la rivière,
Soit en faisant au ciel une vive prière,

Soit en jetant sur l'eau des insignes bénis,
Si l'amour et la foi sont en vous réunis.

Pendant que le soleil, aux plaines qu'il dévore,
Épuise la fraicheur des perles de l'aurore,
Qu'il sèche et qu'il tarit la source, le ruisseau,
Que le fleuve est sans onde et la terre sans eau,
Que la fleur sur sa tige ou se meurt ou se fane,
Croyez-vous qu'il faudrait redire un chant profane,
Psalmodier des chansons, des couplets, un refrain ?
Ou dire : A notre soif, Seigneur, mettez un frein !
Les plantes, les forêts ont besoin d'une eau vive
Qui d'abord les abreuve et puis qui les ravive ;
Le millet dans les champs a besoin de fraicheur ;
Le verger est en deuil pour l'arbre et pour la fleur ;
Et si vous ne venez changer notre détresse,
Tout ici bas, Seigneur, mourra de sécheresse !
Et le Seigneur dira : Vous m'invoquez, enfants ;
Vos prières, vos pleurs vous rendent triomphants.
Vous réclamez la pluie, eh bien ! je vous l'envoie ;
Qu'elle ramène en vous l'allégresse et la joie ;
Que des fruits du verger le parfum soit plus doux ;
Que vos raisins bien mûrs soient succulents et roux ;
Que la récolte soit abondante et plus belle,
Et qu'à vos champs s'imprime une vigueur nouvelle.

Ainsi vous recevrez, en priant le Seigneur,
Les biens qui de la terre augmentent le bonheur.

VIII

LES BIENS DE L'AME.

> Il est difficile à ceux qui ont des
> richesses d'entrer dans le royaume
> du ciel.
>
> MARC, 10, 25.

Au ciel vous demandez la fortune et l'aisance,
Des blés dans vos greniers, des vins en abondance,
Du cidre jaillissant, aux flots mousseux et clairs,
Et dont les jerbes d'or s'élancent dans les airs;
Vous demandez encor, dans l'ardeur qui vous presse,
Des fleurs et des parfums, des fruits de toute espèce,
Et votre esprit oublie, en son aveuglement,
Les biens qu'il faut chercher avec empressement,
Les biens dont votre cœur doit toujours se nourrir,
Si vous ne voulez pas et pleurer et souffrir.

Jésus-Christ vous a dit que l'homme ne vit guère
Avec le pur froment que pétrit le vulgaire ;
Il lui faut des vertus, et voilà les trésors
Qui vous doivent nourrir et qui vous rendront forts.

Voyez les pénitents dont s'honore l'Asie !
Quelle fut leur demeure et quelle fut leur vie ?
Siméon le Stylite a passé quarante ans,
Souffrant pour le Seigneur, sur de hauts monuments.
Il vécut au sommet d'une svelte colonne,
Se nourrissant du pain que l'étranger lui donne !
Mais au fond de son âme un aliment divin
Lui faisait oublier et la soif et la faim.

Eh bien ! cet aliment qui vint dans leurs retraites,
Tant de fois consoler de saints anachorètes,
Ce n'étaient pas les mets dont l'homme se nourrit,
Mais les rares vertus du cœur et de l'esprit.

Or, demandez à Dieu, non gloire, non richesse,
Mais les vertus du ciel ; de là vient la sagesse.
Qu'il fasse naitre en vous la foi, l'humilité,
Ces perles qui de l'âme augmentent la beauté ;
Qu'il vous prodigue encor un rayon d'espérance ;
L'espérance fait vivre aux heures de souffrance ;
Elle charme et console, elle dit : Attendez,
Et vous aurez le ciel que vous me demandez ;
Vous aurez des trésors qu'on ne saurait vous prendre,
Un bonheur éternel, — difficile à comprendre

Par cet être orgueilleux ou cet être païen
Qui, s'égarant lui-même, approfondit en vain ; —
Mais un bonheur si vrai qu'il faut, comme l'apôtre,
Voler, en y songeant, de ce monde dans l'autre.

LE VERTUEUX CHEMIN.

> Celui qui me suit ne marche
> point dans les ténèbres.
>
> JEAN, 8, 12.

Je vous l'ai dit, Seigneur, et je vous le répète :
Pour chanter vos bienfaits ma voix est toujours prête.
Parlez, je vous écoute en inclinant mon front,
Pendant que vos accents dans mon cœur tomberont.
Qu'ils descendent en moi comme un fruit salutaire,
Et j'oublierai les maux qu'engendre cette terre ;
De mes jours ténébreux je n'aurai plus souci,
Et pour tant de bonheur je vous dirai merci.
Vous m'avez pris tout jeune et mis sous votre garde,
En me disant : Enfant, du ciel je te regarde ;

Mes yeux fixés sur toi protégeront tes jours,
Et dans le vrai sentier tu marcheras toujours.
Oh ! ne t'écarte pas de la pieuse voie
Où ton Seigneur et Dieu te dirige et t'envoie.
Sois vertueux et bon, comme furent les saints,
Qui, veillant et priant, secondaient mes desseins.
On en vit tour à tour, pèlerins intrépides,
Qui sillonnaient le globe et ses chemins arides,
Pour fêter de mon nom le triomphe et le rang
Et m'attirer une âme au prix de tout leur sang.
D'autres, plus retirés, au fond des monastères,
Infligeaient à leur corps des châtiments austères ;
Ils s'imposaient le jeûne, ils supportaient la faim,
Et chantaient pour le ciel des louanges sans fin ;
Ou sur les monts ornés de bois et de verdure,
Dans ces lieux où la brise est plus fraîche et plus pure,
Où le silence est morne, où tout descend du ciel,
La vie et les parfums, la rosée et le miel,
On vit des pénitents, hommes forts et sublimes,
Souffrir pour le Sauveur, s'immoler en victimes,
Abandonner la foule et ses jeux et ses cris,
Vains jouets, honneurs faux, dignes d'un vil mépris,
Où souvent l'âme forte est aux douleurs en proie,
Lorsque l'iniquité la torture et la broie.

Et moi, si faible encor. que vais-je devenir,
Si votre bras, Seigneur, ne vient me soutenir ?
Je n'ai pas la ferveur des saints anachorètes,
Ni, comme ces reclus, l'amour pour les retraites.
A peine ai-je gardé les sentiments pieux
Que m'avaient inspirés de bons religieux,

Lorsque enfant, tout petit, j'allais dans les écoles
Apprenant vos récits et vos sages paroles.

J'ai médité depuis sur ma prochaine fin,
Et mon esprit pensif retourne à vous enfin.
Vous êtes le foyer, le soleil et la flamme
Où je vais, tout transi, réchauffer ma pauvre âme.
Oui, j'ai besoin de feu, de lumière et d'amour,
Et vous seul prodiguez ces vrais biens tour à tour.
Ah! donnez-les, Seigneur, au cœur qui vous implore,
Vous, l'éternel vrai Dieu, le seul Dieu que j'adore!
Jésus-Christ, votre fils, lorsqu'il vint jusqu'à nous,
Répandait ses bienfaits charitables et doux.
De son divin pouvoir il ne fut point avare;
Sa voix dans le cercueil vint réveiller Lazare,
Et Lazare, saisi d'un chaste étonnement,
Du funèbre tombeau se leva lentement.
Maintenant, ô Seigneur, que votre voix me touche,
Je crois sortir aussi de ma funèbre couche;
Je relève mes os de la cendre des morts,
Et je revois le jour sans douleur ni remords.
Mais ce jour, ce n'est pas la clarté bleue ou blanche
Sous laquelle un roseau se balance et se penche;
Mais ce jour, ce n'est pas le vaste firmament
Qui paraît clair ou sombre et change en un moment;
C'est le jour éternel, resplendissant de flamme,
Que le chrétien désire et qu'il faut à mon âme;
C'est le brûlant foyer qui s'embrase aux vrais cieux,
Plus beau que vingt soleils qui doubleraient leurs feux.
Oui, vous êtes, Seigneur, le but de notre vie;
Tous les biens d'ici-bas charment peu notre envie

Ils ne sont que poussière et que sable mouvant,
Que dissipe l'orage et qu'emporte le vent.
Vous seul vous resterez, vous seul et les délices
Dont plusieurs saints déjà savourent les prémices ;
Et pour vous posséder, vous posséder toujours,
L'amour et les vertus embelliront nos jours.

LA BASILIQUE.

> Ma maison sera appelée maison
> de prière par toutes les nations.
> MARC., 11, 17.

A te voir aussi belle entre les basiliques,
Toi que ma lyre invoque aux jours mélancoliques
Dans un hymne d'amour ou dans un chant pieux,
On dirait un navire en proie à l'épouvante,
Bravant de l'Océan la vague mugissante,
Et des flots courroucés le choc audacieux.

O modèle achevé d'une œuvre franche et pure,
Chapiteaux ciselés en légère guipure,
Vrai type arachnéen imitant avec art

La dentelure frêle et le point d'Angleterre,
Comme un superbe voile étalant sur la pierre
Sa riche broderie et charmant le regard.

A l'heure où tes piliers disparaissent dans l'ombre,
Et quand tes murs vieillis par les siècles sans nombre
Se reflètent à peine à l'horizon en feu ;
Tu réveilles en moi tout ce que mon cœur aime,
Et ton clocher paraît sur la voûte suprême
Comme un géant flambeau sur la maison de Dieu.

Grand chef-d'œuvre roman d'un âge séculaire,
Dont l'abside étendue, en dôme circulaire,
S'élevant dans l'espace achève ta splendeur ;
Et comme un monolithe, harmonieux ensemble,
Réunissant encore, à ce que l'art rassemble,
Ce qu'on a de plus pur dans l'âme et dans le cœur.

Les arceaux de ta nef, que la voûte domine,
Se colorent des tons que le peintre illumine,
Comme un foyer rougi par un tison vermeil ;
Et leur éclat reluit des flammes jaillissantes
Que lancent les vitraux aux couleurs éclatantes,
Quand le ciel brille encor d'un rayon de soleil.

Aux mobiles vapeurs d'un arome mystique,
Ah ! qu'il est doux le soir, sous ta coupole antique,
De mêler sa prière aux sons de l'Angelus ;
Et transporté vers Dieu par les élans de l'âme,
Oh ! qu'il est doux encor de ressentir la flamme
Qui fait revivre un cœur, alors qu'il ne bat plus.

T'aimer avec extase est le but que j'envie,
Et chanter pour ta gloire encourage ma vie !
Tout est faux ici-bas ; là-haut tout est réel :
Tu donnes le repos à l'âme qui soupire,
A la lèvre attristée un calme et doux sourire,
Et la vie est en toi qui nous conduis au ciel.

Mais franchissant le seuil des vieilles dalles grises,
Et montant pas à pas où les célestes brises
Effleurent en passant le sommet du clocher ;
Et, d'un divin amour, soudain l'âme attendrie
S'élance dans son vol, vers une autre patrie,
Si haut... que la prière en peut seule approcher.

Et de cette demeure où l'Éternel habite,
Je rapporte à mon cœur l'idéale limite
Du ciel qui se déploie en un vaste étendard ;
Et je cherche des yeux au milieu des nuages
L'étoile qui guidait les pasteurs et les mages...
Ou les traces d'Élie emporté sur son char.

Tandis que vers le ciel mon cœur déjà s'élance,
Un bruit religieux, quand l'airain se balance,
Me ramène un instant au faîte de la tour ;
Et lorsqu'à l'horizon la flamme est presque éteinte,
Le son vague et plaintif de la cloche qui tinte,
Mêle sa voix mourante aux derniers feux du jour,

Et de la flèche aiguë, éclatante merveille,
Qui paraît abriter cette lampe qui veille

Auprès du sanctuaire à l'heure où tout s'endort ;
J'écoute... et crois ouïr une voix de prophète..
Ou l'Hosannah béni que redit sur ma tête
La troupe séraphique en un suave accord.

Et par delà l'espace, aux blancheurs de la nue,
Celui que le flot nomme et que le jour salue,
C'est Dieu ! c'est Jéhovah puissant et radieux !
Et dans la basilique où notre hymne soupire,
Mon âme défaillante en souriant expire...
Et le rêve finit où commencent les cieux.

FIN DU LIVRE PREMIER.

LIVRE DEUXIÈME.

—

POÉSIE DES SAINTS ET POÉSIE BIBLIQUE.

> C'est pourquoi ils sont devant le
> trône de Dieu et ils le servent jour
> et nuit.
>
> Apoc., 7, 15.

POÉSIE DES SAINTS.

> Et la fumée des parfums qui
> sort des prières des saints s'éleva
> de la main de l'ange devant Dieu.
> Apoc., 8, 4.

Élancez-vous, ô ma jeune âme,
Jusqu'aux banquets où l'on voit Dieu,
Et prenez des ailes de flamme
Pour vous reposer au saint lieu.
C'est là que l'amour se reflète,
C'est là que Dieu parle au poëte
Sous un voile mystérieux ;
Et dans l'extase ou la prière,
Dieu même entr'ouvre sa paupière
Et lui permet de voir les cieux.

Sous les vastes arches du temple
Le jour projette ses clartés,
Et l'esprit recueilli contemple
Du ciel les mystiques beautés.
Un amour qui toujours inonde,
Mouvant comme le flux de l'onde,
Nous berce et nous conduit au port ;
C'est le bonheur qui nous effleure,
Avant que notre dernière heure
Coule de la vie à la mort.

O nef grande et majestueuse !
J'ai vu tes arches se remplir ;
J'ai vu la foule vertueuse
A ton aspect se recueillir ;
Et sur l'autel du sacrifice,
Où le Seigneur nous est propice,
J'ai vu tes royales splendeurs,
Tes ornements d'or ou de soie,
Tes jours de deuil, tes jours de joie,
Témoins pieux de tes grandeurs.

O monument inébranlable !
Demeure sainte du Dieu fort,
Palais du seul roi véritable
Qui tient en ses mains notre sort ;
Église où notre front s'incline
Devant la majesté divine,
Où le nom des saints, des martyrs,
Que disent nos hymnes bénies,

Dans leurs pieuses harmonies,
Est invoqué par nos soupirs !

Oui, j'aime tes vierges chrétiennes,
Chastes amantes de Jésus,
Et qui règnent en souveraines
Parmi les saints et les élus ;
Elles dont le cruel martyre
Leur parut doux comme un sourire,
Lorsque des bourreaux inhumains
Livraient aux tigres des arènes
Leur frêle corps couvert de chaines,
Qu'à peine soutenaient leurs mains.

J'aime tes pénitents sublimes,
Hôtes chrétiens des grands déserts,
Qui, des monts habitant les cimes,
De leurs chants remplissaient les airs ;
Et tes fervents anachorètes
Agenouillés dans leurs retraites,
Au milieu des rochers épais,
Qui, bornant leur modeste envie
Aux douceurs d'une sainte vie,
Du ciel semblaient goûter la paix.

Oh ! que de choses j'aime encore
Dont tu rassembles la splendeur,
Église où l'âme s'évapore
Avec l'encens qui brûle au cœur !
Dans les cryptes des basiliques
Mes yeux admirent les reliques,

Modèles d'amour et de foi,
Débris sacrés dignes de gloire,
Dont chaque saint offre l'histoire
Qui se déroule devant moi.

C'est le tableau qui se dessine;
Pour lui j'ai choisi les couleurs
Dont ma palette s'illumine
Comme un jardin semé de fleurs.
A tous les saints je les prodigue;
C'est le figuier donnant sa figue
Aux bourgeons de l'arbre fleuri,
Et par une abondante séve
Avant que mon été s'achève,
Ses fruits nombreux auront mûri.

INVOCATION.

> Et tout le peuple allait vers lui
> de grand matin dans le temple
> pour l'écouter.
>
> Luc, 21, 58.

Le printemps a ses fleurs et l'église a ses fêtes :
On les voit tour à tour embellir les saisons,
Comme on voit en été le fruit mûr des moissons
Grouper ses gerbes d'or aux mobiles aigrettes.

Pour louer ces beaux jours que nos lyres soient prêtes ;
Offrons à nos regards de pieux horizons,
Et nos voix monteront, avec nos oraisons,
Jusqu'aux trônes de Dieu, des Saints et des Prophètes.

Apôtres et Martyrs, Vierges et Confesseurs,
O vous les protégés de la milice sainte
Accueillez les transports qui vibrent dans nos cœurs.

Le courroux du Seigneur est notre seule crainte ;
Il brise nos complots, disperse nos desseins,
Et c'est pour l'apaiser qu'on invoque les saints.

LA CIRCONCISION.

> Il fut appelé du nom de Jésus.
> Luc, 2, 21.

Ainsi de notre vie abrégeant la misère,
Vous nous donnez, Seigneur, l'espérance et l'amour !
Que nous faut-il de plus pour célébrer ce jour
Où l'âme défaillante en vous se régénère ?

O Divinité sainte, éclose sur la terre,
En venant jusqu'à nous, vous prenez sans détour
Et la loi de Moïse et nos maux tour à tour,
Et buvez le calice avec sa lie amère !

Votre nom plein de foi ranime la ferveur ;
C'est un écho céleste, apporté par votre ange,
Dont la voix dit Jésus qui veut dire Sauveur.

Oh ! ce nom glorieux est pur et sans mélange ;
Il est béni par nous, comme par les élus,
Et le chrétien s'éveille en prononçant Jésus.

IV

L'ÉPIPHANIE.

> Voilà que des mages vinrent de
> l'Orient à Jérusalem.
>   MATH., 2, 1.

O mages de Saba, de Tharse et d'Arabie !
L'étoile, dans le ciel, qui rayonne en tous sens,
Doit vous conduire au roi des rois les plus puissants,
Dont le nom glorieux ranime et vivifie.

De vos saintes splendeurs l'éclat le glorifie.
Offrez-lui, comme Dieu, le parfum de l'encens ;
Et que l'or et la myrrhe augmentent vos présents,
En ce jour où les cieux sont remplis d'harmonie.

Et vous trois : Balthazar, Gaspar et Melchior (1),
Que vos noms soient redits par toute âme chrétienne,
Et que dans tous les temps de vous l'on se souvienne.

Hélas ! nous n'avons pas l'encens, la myrrhe et l'or,
Mais vous aurez, Seigneur, nos cœurs et nos prières,
Et nos premiers moments et nos heures dernières.

(1) Nom des mages.

SAINTE GENEVIÈVE,

PATRONNE DE PARIS.

> Le royaume de Dieu ne consiste
> pas dans les paroles, mais dans
> la vertu.
>
> Cor., 4, 20.

Patronne de Paris, ô pieuse bergère !
Pourquoi ne t'ai-je vue au milieu des troupeaux,
Filant d'une humble main la laine des agneaux
Confiés à tes soins dans les champs de Nanterre ?

Pour nous, auprès de Dieu tu devins messagère ;
A ta voix le Seigneur apaisa tous nos maux,
Et du fond de l'Asie, en de lointains hameaux,
Saint Siméon Stylite invoquait ta prière.

Ta houlette vainquit le féroce Attila,
Et de loin tu lui dis : Retire toi de là,
Nous appelons le ciel, et le ciel nous protège.

Ah ! comme toi prions, ô vierge de Paris,
Prions pour l'ennemi qui toujours nous assiége,
Et le ciel entendra nos soupirs ou nos cris.

5 janvier.

SAINTE GUDULE,

PATRONNE DE BRUXELLES.

> La sagesse est brillante et ne se
> flétrit jamais.
> SAGESSE, 6, 13.

O vous dont Charlemagne honorait la vertu !
Vous que sainte Gertrude éleva sous son aile
Avec le feu chrétien et l'ardeur maternelle,
Accueillez de nos cœurs le bien qui vous est dû.

L'amour pur et divin fut en vous assidu ;
Un miracle prouva votre foi, votre zèle,
Un soir en rallumant, sans la moindre étincelle,
La lampe qu'éteignit un souffle inattendu.

Le jeûne et la prière occupaient votre vie ;
Les douceurs de l'extase absorbaient tous vos sens,
Et souvent jusqu'au ciel votre âme était ravie.

Les chrétiens, en ce jour, vous offrent leur encens ;
Vous êtes la patronne invoquée à Bruxelles,
Et comme eux, nous aussi, nous vous serons fidèles.

8 janvier.

SAINT SIMÉON LE STYLITE.

L'espérance des justes est la félicité.

PROV., 11, 23.

Le soleil d'Orient brillait sur votre tête,
La brise ou la rosée, en sillonnant les airs,
Effleurait votre front avant l'herbe aux brins verts,
Et votre œil dans les cieux devinait la tempête.

O pénitent sublime ! ô saint anachorète !
Vous avez fui le monde et suivi les déserts,
Pour mieux prêter l'oreille aux célestes concerts
Que chaque séraphin auprès de Dieu répète.

Il fallait à votre âme un horizon meilleur ;
Il lui fallait le ciel, l'immensité, l'espace,
Le séjour des élus et la voix du Seigneur.

Dans ce monde où la gloire en un moment s'efface,
Tout fuit sur notre voie ; il ne reste à nos yeux
Que le bonheur réel qui nous attend aux cieux.

5 janvier.

SAINT TYTE.

> Montrez-vous un modèle de
> bonnes œuvres en tout.
>
> PAUL A TYTE, 2, 7.

De l'apôtre saint Paul disciple bien-aimé,
O vous qu'il a choisi pour fidèle interprète
Chez les peuples chrétiens de Corinthe et de Crète,
Et que du nom de fils il a souvent nommé ;

Votre cœur jusqu'à nous, fut toujours renommé :
Il inspire la voix et l'âme du poëte,
Et dans ce jour de joie, écho d'un jour de fête,
Pour chanter vos vertus je me sens enflammé.

Saint Paul vous écrivait de touchantes paroles ;
Son épitre est restée aux siècles entassés,
Et de votre mérite elle offre les symboles.

Ah ! soyons comme vous ardemment empressés
Pour les célestes biens que notre amour envie,
Et notre âme en Dieu seul aura trouvé la vie.

4 janvier.

SAINT LUCIEN.

> Appliquez-vous à la lecture, à
> l'exhortation et à l'instruction.
> PAUL A TIMOTHÉE, 4, 13.

De l'autel du vrai Dieu, saint et fidèle prêtre,
Vous fûtes l'ornement, la gloire et le soutien ;
Les pauvres, par vos soins, ont reçu votre bien,
Et le divin amour en vous s'est fait connaître.

Dans un cachot fétide, hélas ! on vous fit mettre,
Endurant la torture et la soif et la faim,
Répondant aux bourreaux ces mots : Je suis chrétien,
Le ciel est ma patrie et Dieu seul est mon maître.

Le martyre abrégea la trame de vos jours ;
Pour vous saint Chrisostôme a chanté des louanges,
Et le ciel vous possède avec lui pour toujours.

Vous partagez la joie et le bonheur des anges,
Il est doux d'être ainsi, de vivre sans mourir,
Et d'avoir un bonheur qui ne doit pas finir.

7 janvier.

SAINTE EULALIE.

> Ne craignez point ceux qui tuent
> le corps, et ne peuvent tuer l'âme.
> Math., 10, 28.

Ville de Barcelone, ô cité des Espagnes,
        Tremble et frémis comme un roseau
Ployé par l'aquilon aux fentes des montagnes,
Ou que l'algue des mers te serve de tombeau !
        Gémis, ô nation perfide,
Et vois si des chrétiens tu n'es pas homicide ?
        Réponds aux plaintes de ma voix !
Le sang de tes martyrs fait déborder mon âme,
Et je viens dévoiler, ô citadelle infâme,
        Un de tes crimes d'autrefois.

Oui, contre les chrétiens ta haine fut puissante ;
    L'enfer te prêta son courroux,
Et ton glaive païen sur la tête innocente
D'une vierge timide appesantit ses coups ;
    Et cette vierge au doux visage
Avait sur son beau front quatorze ans pour tout âge.
    Jamais nul astre au feu brillant
Ne mira ses rayons dans un cœur aussi tendre ;
Jamais l'amour divin ne s'était fait comprendre
    Dans une plus pieuse enfant.

Son âme avait du ciel l'éclat et la lumière,
    Et la parole du Seigneur,
Comme un grain dans les champs, y germant la première
Grandit comme l'épi qu'attend le moissonneur.
    A Jésus-Christ donner sa vie,
Aux plaisirs d'ici-bas être bientôt ravie,
    C'était le vœu de son amour.
Les tourments sont bien peu lorsqu'on a l'espérance
De contempler son Dieu dans sa magnificence
    Et de jouir d'un plus beau jour.

Peuples, vous qui souffrez dans un rude esclavage,
    Sur ce tableau jetez les yeux,
Et d'une jeune vierge admirez le courage
Hardi comme les bonds des flots audacieux.
    Vous la voyez, dans Barcelone,
Courant vers le prétoire et montant jusqu'au trône
    Où siège un infâme tyran,

Réclamant tout le sang que versa l'innocence,
En face des vils dieux qu'un bras impie encense
        Dans les faux honneurs qu'on leur rend.

« Je suis, répondait-elle, un atòme qui plie
        Et qui s'incline devant Dieu
Dont je suis la servante. On me nomme Eulalie ;
J'adore Jésus-Christ dans le ciel, en tout lieu,
        Lui, fils du Père et de Marie
La Vierge immaculée, elle qu'aussi je prie.
        Jésus-Christ est le roi des rois,
Le Seigneur des seigneurs, le seul Dieu que j'adore,
Et son nom se redit du couchant à l'aurore,
        Car l'univers connaît sa voix.

« C'est à Dieu que je rends mon culte, mes paroles,
        Et tous les élans de mon cœur,
Plutôt qu'aux dieux de marbre, à de vaines idoles,
Avec leur corps inerte et leur geste moqueur. »
        A ces mots, troublé dans lui-même,
Le gouverneur s'agite et son front devient blême ;
        Son regard paraît ébloui ;
Et, donnant à ses sens une vigueur brutale,
Au calme des chrétiens sa fureur est égale ;
        Il veut un martyr aujourd'hui.

Alors les châtiments qu'a fait naître la haine,
        Disposent leur joug oppresseur,
Pendant qu'à la prison la vierge qu'on enchaine
Revêt un doux sourire et montre sa douceur,

Elle est cruellement battue,
Mais les verges de fer ne l'ont point abattue ;
Ses chairs retombent en lambeaux ;
Son corps est une plaie, et sa rude constance
Supporte sans fléchir les maux et la souffrance
Dont l'environnent ses bourreaux.

Le ciel de ses tourments accepte le partage ;
Il ranime son faible corps ,
Et nulle ombre ne vient altérer son visage.
On dirait que sa lèvre exhale des accords ;
Elle parait comme un bel ange
Que l'azur d'un nuage entoure dans sa frange ;
Priant, sa voix semble chanter
L'hymne de ses douleurs, l'hymne de son martyre ;
— Comme un son répété l'un à l'autre s'attire,
Tout en elle semblait monter.

L'infàme gouverneur redouble sa vengeance.
Il parle, et c'est pour commander
Aux bourreaux d'outrager jusques à l'innocence
Que les filles du ciel se plaisent à garder.
Le tyran veut que dans la rue
Elle soit exposée et mise toute nue ;
Que l'on trouble sa chasteté
Et que son corps sanglant, promené dans la ville
Attire les regards de la foule indocile
Qui souilleront sa nudité.

Mais celui qui revêt les oiseaux du bocage
De vêtements chauds et soyeux,
Et leur donne en naissant un merveilleux plumage,

A sa fidèle épouse a voulu faire mieux.
    Tout à coup, et sans nulle attente,
Le ciel laissa pleuvoir une neige abondante
    Sur son corps frêle et teint de sang;
Ce fut un beau manteau, brillant comme l'aurore,
Souple comme l'hermine et modelant encore
    Un monolithe en marbre blanc.

Le tyran furieux laisse éclater sa rage:
    Sa parole échappe sans voix;
Et voulant faire au Christ un plus cruel outrage,
Il fait saisir la vierge et la fait mettre en croix.
    A ce bois divin suspendue,
La sainte recevait une force assidue;
    C'était la joie et le bonheur;
Elle croyait du ciel faire déjà partie,
Et se trouvait heureuse, un seul jour de sa vie
    De souffrir comme le Seigneur.

Mais lorsque de ce bois elle fut arrachée
    Ses tourments obtinrent leur prix;
Par le fer meurtrier sa tête fut tranchée,
Et l'ange des martyrs reçut ses derniers cris.
    Son âme alors prenant des ailes,
Comme font au printemps les blanches tourterelles,
    Dans son essor fendant les airs,
S'envole jusqu'au trône où l'Éternel repose,
Et l'auréole en feu sur son beau front se pose,
    Comme un arc-en-ciel sur les mers.

                  12 février.

SAINTE BATHILDE.

> La sagesse habite avec les humbles.
>
> Prov., 11, 2.

Fille des vieux Saxons, qu'abrita l'Angleterre,
Après les jours sanglants d'une fatale guerre,
Vous reçûtes le jour dans ces frileux climats
Qui prodiguent sur l'onde une forêt de mâts,
Lorsqu'un seigneur Français, vous trouvant jeune et belle,
Vous racheta, captive, à quelque juif rebelle.
Plus tard du roi Clovis accueillant tout l'amour,
Vous fûtes son épouse et reine tour à tour.
D'un mariage aussi grand votre cœur était digne,
Et Dieu vous réservait cette faveur insigne.

Mais de ce jeune époux la mort brisa les jours ;
L'archange des tombeaux l'emporta dans son cours !
Vous fûtes veuve, hélas ! en proie à la tourmente,
Et de femme de roi vous devintes régente.
Votre âme toujours humble a su braver l'écueil
Qu'entr'ouvraient sous vos pas les démons de l'orgueil,
Vous avez aboli les fers de l'esclavage ;
Vous n'avez plus voulu des chrétiens en servage
Et, pour hâter cela, votre cœur s'était dit
Chacun de nous est frère, et frère en Jésus-Christ,
Et Jésus-Christ lui-même, en venant dans le monde,
Délivra le pécheur de cette lie immonde
Où la faute d'Adam nous avait tous plongés,
Pendant que de son crime il nous avait chargés ;
Et déliant les nœuds qui nous servaient d'entrave,
Par la mort du Sauveur, nul de nous n'est esclave.

Vous avez rebâti, dans votre sainte ardeur,
Ces pieuses maisons qu'habite le Seigneur ;
Vous avez terminé les vastes monastères
De Chelles, de Corbie, où des vierges austères
S'éloignaient chastement de la foule et du bruit,
Travaillaient de longs jours et reposaient la nuit ;
Et dès que votre fils, élevé sur le trône,
Accepta, jeune encor, la royale couronne,
Vous avez déposé le sceptre et les joyaux,
Et tous les vains hochets des ornements royaux,
Pour cacher votre front sous les réseaux du voile,
Pour vous humilier sur la bure et la toile,
Pour oublier la vie et son royal honneur,
Qu'ici même on expie, aux dépens du bonheur.

Donnez-nous, ô Seigneur, cette humilité sainte
Dont l'âme de Bathilde en tout temps fut empreinte ;
Ranimez notre foi, dans nos élans pieux,
Afin qu'en vous aimant chacun vous serve mieux.
Ah ! donnez-nous encor la force et le courage
De consoler tous ceux que la douleur ravage,
Tous les pauvres, souffrant sur leurs lits étendus,
Levant à peine au ciel leurs regards éperdus,
En attendant que l'heure, à bien des cœurs fatale,
Les invite au sommeil de la nuit sépulcrale.

Comme sainte Bathilde, aimons donc le Seigneur:
Soyons humbles et bons, mais de tout notre cœur,
Si nous voulons un jour, dans la vie éternelle,
Nous voir à ses côtés et demeurer près d'elle.

30 janvier.

SAINTE FÉLICITÉ ET SAINTE PERPÉTUE.

> C'est pourquoi la femme doit, à
> cause des anges, porter sur sa tête
> la marque de sa dépendance.
>
> Cor., 11, 10.

I

Est-ce bien votre voix, ô fidèles épouses,
Qui me parle à toute heure et d'amour et de foi ?
    Eh quoi ! vous êtes donc jalouses
De m'attirer au ciel et de veiller sur moi ?
Ah ! puis-je sans frémir, en remontant les âges,
    Dérouler les sanglantes pages
    Dont s'entoura votre tombeau ;
Et chanter sur mon luth, qu'anime un saint délire,
Les cruelles douleurs qui font votre martyre
    A jamais éternel et beau ?

Mes yeux cherchent encor la place où fut Carthage
Et dans ces murs détruits, ruines du vieux temps,
    L'arène où régnait le carnage
A gardé les soupirs de vos cœurs palpitants.
Le sang semble y jaillir, comme en ces jours de fêtes
    Où les bourreaux frappaient les têtes
    Avec un orgueilleux mépris ;
Et livraient à la mort la victime innocente,
Dont le ciel bénissait la dépouille sanglante
    En recevant ses derniers cris.

Et cette mort était le triomphe et la gloire ;
L'âme brisait sa chaîne, et d'un vol immortel,
    Après la lutte et la victoire,
S'élançait glorieuse au royaume éternel.
Les anges du Seigneur, troupe sainte et fidèle,
    Accouraient tous au-devant d'elle,
    Et dans un chant mystérieux,
Accord pur et suave, écho de leur prière,
Semblaient fêter cette âme, échappée à la terre
    Et qui prenait sa place aux cieux.

Ainsi votre martyre à soulevé mon âme;
Pour vous elle déborde et répand ses accents,
    Comme un foyer répand sa flamme,
Et jette sa lumière aux feux étincelants.
Oui, c'est vous que je vois, ò femmes courageuses,
    Avec vos âmes vertueuses,
    Bravant la souffrance et la mort.
Vous abandonnez tout, la vie et la jeunesse,

Et les bruyants plaisirs que la foule caresse
    Dans les égarements du sort.

La prison est ouverte et vous êtes jetées
Dans un obscur cachot exempt de tout rayon,
    Comme les feuilles emportées
Au milieu des forêts par le prompt aquilon.
La voix de vos époux, qui charma votre oreille,
    Les soirs où deux à deux l'on veille,
    Vous cherche et ne vous atteint plus ;
Tous vos jours sont comptés, et l'heure qui s'envole
Vous rapproche du Dieu qui ranime et console
    Ceux qui vont être ses élus.

II

De la cour des Césars voici l'arrêt infâme :
«Poursuivez les chrétiens à toute heure, en tous lieux,
    Ou que l'encens et que la flamme
S'échappent de leurs mains pour monter jusqu'aux dieux.
Exterminez leur race et qu'elle soit maudite
    Comme les flots noirs du Cocyte
    Où tous seront précipités.
Abandonnez leurs os à la dent des panthères ;
Nos tourments envers eux sont encor peu sévères
    Lorsque à l'arène ils sont jetés.

« Par les nouveaux progrès que fait votre génie,
  Augmentez leur supplice, allongez leurs douleurs ;

Faites durer leur agonie,
Jusqu'à ce que le Tibre ait grossi par leurs pleurs.
N'ayez point de pitié dans vos âmes sensibles ;
Frappez ! leurs crimes sont visibles
Et leur sang plaît à Jupiter !...
Et nous aussi, Césars, rois et maîtres du monde,
Lorsqu'un ruisseau vermeil à nos yeux roule et gronde
Notre orgueil en devient plus fier.

«Qu'importent les soupirs d'un corps que l'on déchire
Et dont on voit flotter les dégoûtants lambeaux ?
Les tigres ont l'air de sourire
Avant de se jeter sur tant de mets nouveaux !
A ces banquets de chair le cirque vous convie ;
Venez tous, selon votre envie,
Exciter le tigre vainqueur
Qui recevra, pour prix de son adresse agile
Les applaudissements que recevait Achille,
Frappant Hector dans sa fureur. »

III

Ah ! ne vous troublez pas, épouses bien-aimées,
C'est le cri de Satan, échappé de l'enfer,
Qui vient, dans vos prisons fermées,
Faire un dernier appel à votre cœur de fer.
Que la voix des Césars s'égare dans l'espace,
Et que loin de vous elle passe
Comme fait le vent sur les flots ;
Et dans vos courts loisirs, n'ayez d'autres pensées

Que celles dont le ciel vous a toujours bercées
        Sans altérer votre repos.

Oh ! doux anges pieux, colombes isolées,
Vous surtout, jeune mère au front brillant et pur,
        Comme les voûtes étoilées
Qui montrent dans la nuit, un orbe teint d'azur ;
Vous, dont l'âme de feu n'est jamais abattue,
        O courageuse Perpétue,
        Donnez un baiser à ce fils,
Lien de votre amour, qui puise à vos mamelles
Sa liqueur, comme fait, aux fleurs blanches et belles,
        L'abeille aux corolles des lis.

Et vous Félicité, dont le sein garde encore
Le fruit que vous donna l'amour de votre époux,
        Priez ; un enfant doit éclore
Avant que les bourreaux jettent les yeux sur vous.
Le ciel est attentif, et déjà sur la terre
        Redescend la chaste prière
        Qui s'envolait comme un soupir !...
Louez Dieu dans vos champs, louez Dieu sur la lyre !
Un enfant vous est né, c'est l'enfant du martyre,
        C'est le bourgeon qui doit fleurir.

IV

O peuples de Carthage, admirateurs sublimes
De la mort des chrétiens, du sang et des combats !

Voici de nouvelles victimes
Que l'on va rassembler pour un dernier repas.
Les hôtes des forêts et les trésors de l'onde
    Viendront parer leur table ronde ;
    Le miel d'Hybla, les vins fumeux
De Chypre, de Constance et ceux de Malvoisie
Mêleront leur nectar aux roses de l'Asie ;
    Tous les parfums s'aiment entre eux.

Sortez de vos prisons, courageuses martyres ;
Voyez autour de vous la foule s'émouvoir !
    Tout plait, jusques à vos sourires
Et de tous les côtés on accourt pour vous voir.
Eh quoi ! tous ces apprêts comme pour une orgie !
    A-t-on douté de l'énergie
    Que Dieu prodigue à ses chrétiens !
Croit-on qu'avec l'amour, que vous avez, ô femmes,
Il faille, ou du nectar pour réchauffer vos âmes,
    Ou des mets qui soient vos soutiens ?...

V

Les lions rugissants écument de colère ;
Ils appellent leur proie en secouant leurs fers ;
    Et leurs griffes, traçant la terre,
Impriment les sillons qu'elles font sur les chairs.
Dans un obscur réduit la panthère enfermée,
    Par un long jeûne est affamée ;
    Son cri se change en hurlements,
Et parcourant le vide et les murs de l'arène,

Chacun de ses échos l'un à l'autre s'enchaine
　　　　Et se répète à tous moments.

Déjà le proconsul, au visage livide,
Est assis sur son trône au milieu des préteurs;
　　　Il promène un regard avide
Sur les nombreux martyrs et sur les spectateurs.
C'est l'instant du combat, et du fond des tanières
　　　　Sortent les meutes carnassières;
　　　　La foule s'agite et frémit:
Vingt lions irrités de tous côtés s'avancent,
Et sur les confesseurs, dans leur rage, s'élancent
　　　　Comme un feu que l'Etna vomit.

Les cœurs ne battent plus, le crime les oppresse;
Mais il leur faut du sang, du sang frais et vermeil,
　　　　Du sang pour compléter l'ivresse
Qui doit les replonger dans un hideux sommeil.
Aux lions affamés on a jeté les prêtres;
　　　　Les meilleurs mets sont pour les maîtres,
　　　　La dent servile a d'autres plats.
Préparez vous, taureaux d'une race sauvage,
Venez faire applaudir votre indomptable rage;
　　　　Les spectateurs ne sont point las.

VI

Deux femmes, au cœur pur comme celui d'un ange,
Faibles comme un roseau que tourmente le vent,

Attendent le martyre étrange
Que Dieu dans les prisons leur révéla souvent.
Leur robe aux légers plis vite leur est ôtée ;
Alors une vache irritée,
Redoublant ses bonds furieux,
S'élance loin des rêts qui lui servaient de bornes,
Saisit chaque victime et frappe avec ses cornes
Leurs corps frêles et précieux.

Pour la première fois la foule est attendrie ;
Un regard de pitié s'est placé dans ses yeux,
Et de tous côtés on s'écrie :
C'est assez, c'est assez, sortez-les de ces lieux.
Le sang qui ruisselait avait rougi la terre ;
Le lait de la plus jeune mère
Fuyait goutte à goutte du sein ;
Et leur corps délicat, à cette heure sublime,
Fit comprendre aux bourreaux la grandeur de leur crime
Et la fureur de leur dessein.

Mais du peuple païen la vengeance est extrême ;
A ses fougueux transports il ne met point de frein ;
Il frappe, il détruit ce qu'il aime,
Il élève aujourd'hui ce qu'il brise demain ;
Il fait grâce un instant pour condamner ensuite.
Heureux qui l'ignore ou l'évite,
Encor plus heureux qui le fuit.
Ainsi, femmes du ciel, préparez-vous encore ;
La mort qui vous attend viendra dès que l'aurore
Éteindra les feux de la nuit.

VII

C'est l'heure : tout est prêt dans la fatale enceinte ;
Les lions sont couchés, les tigres sont joyeux,
  Et des martyrs la troupe sainte
Annonce dans le ciel vos tourments douloureux.
De vous c'en est donc fait ; le bourreau dans l'arène
   Sépare un poignard de sa gaîne
   Et vous égorge sans pitié !...
La palme du martyre à vos deux cœurs s'attache
Lorsqu'ils montent là-haut, candides et sans tache,
   Unis d'une sainte amitié.

Des couronnes de feu brillent sur votre tête ;
Des fleurs et des parfums s'élèvent jusqu'à vous,
  Et les louanges du poëte
Redisent vos deux noms éternellement doux.
Mon luth, jeune et chrétien, vous honore et vous prie ;
   C'est vous que ma voix attendrie
   Chanta... ne pouvant faire mieux !
Aussi quand de mes jours Dieu brisera la trame,
Venez à mon chevet et recueillez mon âme...
   Je veux avoir ma part aux cieux !

        7 mars.

LE CHANT DE SALOMON.

> Comme le lis au milieu des épines,
> ma bien-aimée s'élève au-dessus
> des jeunes filles.
>
> Cant., 2, 2.

Qu'un baiser de ta bouche effleure encor ma joue :
Ton amour est si pur qu'il enivre mon cœur,
Comme font les parfums lorsque le vent se joue
Dans les boutons rosés des citronniers en fleur.

Ton nom est plus suave à mon âme en délire
Que les joyeux propos des amants dans les bois,
Ou que les sons plaintifs, murmurés sur ma lyre,
Qui semblent te séduire et te plaire à la fois.

Oui, ton cœur a reçu l'aveu des jeunes filles ;
Tes compagnes d'enfance encor cherchent tes yeux;
Il leur était si doux d'aller sous les charmilles
Avec toi pour causer des anges et des cieux.

Maintenant tu leur dis, avec ta voix si tendre :
Le roi m'a fait entrer dans son plus beau palais,
Lui-même, sur le seuil, il est venu m'attendre ;
Et le ciel m'a donné celui que je voulais.

Livrons-nous à la joie ! il est vrai, je suis noire,
Mais aussi je suis belle et j'appartiens au roi.
Sur mes cheveux luisants un doux reflet se moire,
Et nulle autre ne fut aussi belle que moi.

Les tentes de Cédar, dans leur magnificence,
Ne sauraient égaler ma royale splendeur ;
Des rameaux du palmier j'efface l'élégance
Et les cèdres d'Aram sont loin de ma vigueur.

Ne me rejetez pas, le Seigneur m'a bénie ;
Les enfants de ma mère ont tous été jaloux,
Lorsque à mon bien-aimé mon âme s'est unie
Le jour où je lui dis : Vous êtes mon époux.

De mon amour céleste acceptez la richesse :
Ma main qui vous attire accueille votre main,
Et dans les nuits c'est vous, oui, c'est vous que je presse
Lorsque vous reposez la tête sur mon sein.

Ah ! vous êtes pour moi comme une grappe mûre
Des côteaux de Thamar, de Chypre ou d'Engaddi ;
Et vous me protégez, comme fait une armure
Sur le corps du guerrier pour qu'il soit plus hardi.

— Oui, je suis ton époux, ô chaste bien-aimée,
Je veux orner ton front de larges chaînes d'or ;
Je répandrai des fleurs sur ta couche embaumée
Et je veux te donner de plus grands biens encor.

Sur ton col arrondi comme un vase d'ivoire,
Je mettrai les trésors qu'on m'apporte d'Ophir,
Et j'entrelacerai ta chevelure noire
Avec l'opale jaune et le bleu du saphir.

Tu montres à mes yeux ton âme dévoilée
Avec son air timide et ses attraits touchants ;
Elle brille et paraît, comme dans la vallée
Les roses et les lis embellissent les champs.

Et semblable à ce lis dont la tige élevée
S'élance d'un seul jet plus haut qu'une autre fleur,
Plus candide et plus belle encor je t'ai trouvée,
Et toi seule remplis mon esprit et mon cœur.

Que tes yeux sont brillants ! que leur nuance est belle !
Rien n'en peut imiter la céleste douceur ;
Aussi je t'ai nommée, en mon ardeur fidèle,
Et du beau nom d'épouse et de celui de sœur.

Te souvient-il du jour où nous venions ensemble
Des hauteurs du Sanir, d'Hermon et d'Amana?
Oh! moi je m'en souviens, et si bien qu'il me semble
Que dès ce jour mon cœur à ton cœur se donna !

JUDITH ET HOLOPHERNE.

Or, elle était très-belle à voir.
JUDITH, 8, 7.

I

Peuples, réveillez-vous ! voici des cris de guerre,
Des plaintes dans les voix, des troubles dans les cœurs.
Les trompettes d'airain répandent sur la terre
    Leurs sons belliqueux et vainqueurs.
Le champ de la bataille est un champ de carnage
      Où le sang à grands flots surnage
      Sur les cadavres mutilés ;
Et les murs des palais et les remparts des villes,
En ces horribles jours de discordes civiles,
      Seront dans leur base ébranlés.

Et vous nobles guerriers, fils chéris de Bellone,
Rendez à tous vos dieux des honneurs immortels,
Et que Mars sur vos fronts dépose la couronne
    Et les lauriers de ses autels.
Déployez vos drapeaux, comme un aigle ses ailes,
    Sur les créneaux des citadelles
    Et sur les tours des vieux châteaux ;
Et guidant vos coursiers aux flottantes crinières,
Arrachez aux vaincus leurs antiques bannières
    Et leurs dards liés en faisceaux.

Des rives de l'Euphrate allez vers l'Idumée;
Ces fertiles climats vous offriront leur port,
Et votre âme en ces lieux, par la guerre enflammée,
    Y doit goûter un meilleur sort.
Les enfants d'Israël, dont les hautes montagnes
    Couronnent de riches campagnes,
    Ont un abri dans leurs vallons ;
Mais en vain jusqu'aux cieux s'élèvent leurs prières,
Leur cœur doit être atteint des flèches meurtrières
    Plus promptes que les aquilons.

II

Ainsi parle Holopherne, et son arme s'apprête
A frapper, comme fit dans l'Égypte autrefois
L'ange exterminateur, frappant la jeune tête
    Des fils d'esclaves et de rois.
Bientôt les camps rivaux l'un sur l'autre s'élancent;
    Les cris cessent et recommencent.

Le sang, comme un ruisseau vermeil,
Jaillit sur les aciers des brillantes armures ;
Et l'ennemi vaincu, poussant de sourds murmures,
S'endort d'un éternel sommeil.

Séduit par la fortune, Holopherne s'élève
Au-dessus des guerriers qu'a produits l'univers ;
On voit de tous côtés l'empreinte de son glaive
Que n'ont pas atteint les revers.
Mais, imprudent ! il croit aux éternelles gloires,
Imprudent ! il croit aux victoires
Dont l'éclat doit être expié.
Jusques à quel degré s'élève donc sa rage,
Quand il prend, pour monter au trône qu'il outrage,
Des cadavres pour marchepied !

III

O Muse ! bannissons cet excès de folie :
Sur mon luth faible encor il faut graver un nom
Plus suave et plus frais aux murs de Béthulie
Que ne fut celui de Memnon.
Les plaintes d'une vierge et les soupirs d'un ange,
L'onde qui frémit sur le Gange
Dont le murmure se redit,
Ont un accent moins doux, moins pur et moins sonore
Que ce nom triomphant que l'on révère encore
Et dont on vous nomme, ô Judith !

Ce nom vient dans mon cœur révéler la prière ;
Il est comme un parfum que répand une fleur,
Ou comme un chant pieux au fond d'un sanctuaire,
  Empreint de joie ou de douleur.
Rediles-le tout bas, comme un hymne à votre âme,
  Ce nom que ma lyre proclame,
  Ce nom toujours béni par nous ,
Et vous croirez entendre encore les cantiques
Qu'exaltait pour Judith, dans les siècles antiques,
  La voix des peuples à genoux.

IV

Dans son camp assoupi, tranquille sous les tentes,
L'ennemi reposait sur un épais gazon ;
Aux caprices des vents les bannières flottantes
  Agitaient leur royal blason ;
Le ciel s'embellissait du foyer qui l'embrase,
  Centre de rayons et d'extase,
  Lorsque Judith parut soudain
Mon Dieu ! qu'elle fut belle en cet instant sublime,
Le front paré de fleurs, s'offrant comme victime
  Aux regards d'un peuple inhumain !

Sa voix, comme le son d'une harpe divine,
Fit retentir ces mots : « J'appartiens aux Hébreux ;
Ils veillent constamment du haut de la colline
  Dont le parfum s'envole aux cieux.
Je viens livrer ce peuple aux terreurs, aux alarmes,
  A la vengeance de vos armes,

A la fureur de tous vos dards.
Par vos glaives atteints, bientôt ils vont descendre
Du sommet de leurs tours, le front couvert de cendre,
Pour saluer vos étendards.

« Expirant à vos pieds comme une flamme éteinte
Après un incendie aux épaisses vapeurs,
Vous les écraserez dans leur funeste enceinte ;
Ils périront dans les douleurs.
Mon cœur se donne à vous en ces jours de victoire,
Mon sang se mêle à votre gloire
Et ma voix à vos chants guerriers. »
—«Oh ! jeune fille, accours vers nous, dit Holopherne,
Au-devant de tes pas que chacun se prosterne,
Et moi, je t'offre mes lauriers.

« De feuillage et de fleurs que l'on t'élève un trône ;
Tu suivras avec nous la gloire et les combats ;
Déjà de tes attraits le charme m'environne
Et tu ranimes nos soldats.
J'admire dans ton cœur cet amour qui t'entraîne
Et qui t'emporte dans l'arène !
Oh ! quel Dieu bénit ton destin !
Ta voix semble un écho de la voix ingénue
Qui vibre et qui répond comme fait dans la nue
La cloche au soupir argentin.

« Pour toi que l'on prépare avec pompe une fête,
Où l'on boive à longs traits sous des berceaux de fleurs,
Et dans les vins fumeux de Falerne et de Crète,
Ensemble allons noyer les pleurs.

L'amour aime le vin aux heures d'allégresse ;
     Amis, buvons jusqu'à l'ivresse,
     L'ivresse fait croire au bonheur !
Judith brille à nos yeux de son éclat immense,
Voici la nuit... c'est l'heure où la fête commence ;
     A moi le triomphe et l'honneur. »

V

«Oh ! qu'un festin est beau lorsque la nuit est sombre ;
Amis, le vin nous trouble et déjà sur nos fronts
Le myrte et le laurier se ternissent dans l'ombre,
     Et comme eux nous nous flétrirons.
Il est doux d'être ici sous les franges de soie.
     L'ivresse augmente avec la joie,
     Et nous vidons nos coupes d'or.
Eh quoi ! mon œil se ferme et ma tête est pesante ?...
Amis, je n'y vois plus !... Laissez-moi sous ma tente
     Je veux rêver longtemps encor...»

Dans le cœur de Judith c'est l'orage qui gronde ;
Il faut une victime à son peuple outragé,
Et détruire un fléau, c'est, en sauvant le monde,
     Dire à Dieu : Vous êtes vengé !
Et bientôt s'élançant vers la tente fermée
     Où dort sur sa couche embaumée

Le héros vainqueur tant de fois,
Judith, d'un bras puissant, saisit le cimeterre,
Et de deux coups frappa, frappa la tête altière
     Du tyran qui bravait les rois.

Ainsi de son orgueil lui-même est la victime ;
Le colosse écrasé s'en retourne au néant ;
Et sous ses pas s'entr'ouvre un insondable abîme,
     Abîme où tombe le géant.
Hélas ! que reste-t-il d'une vie insensée ?
     La gloire... — elle est vite effacée,
     Bientôt il faut lui dire adieu !
Qu'importent les honneurs à notre heure dernière,
Lorsque le corps glacé descend dans la poussière
     Et que l'âme remonte à Dieu ?..

LIVRE TROISIÈME.

—

LES RÉGIONS DU CIEL.

LE CHOEUR DES SÉRAPHINS.

> Au premier chœur sont les
> séraphins et tous ceux qui furent
> remplis de charité et ornés de
> perfection durant leur vie comme
> les apôtres et les martyrs.

I

Vous que la piété réjouit et console,
Vous dont le chaste amour jusques à Dieu s'envole
Comme l'hymne éternel des séraphins joyeux ;
De ces chants écoutez la mystique parole :
Ouvrez en même temps votre cœur et vos yeux ;
Venez et suivez moi... je vous conduis aux cieux.

II

Notre âme a pour voler et l'amour et des ailes ;
Elle peut s'élancer comme les tourterelles ;
Mais son vol est plus large, elle monte plus haut :
En un bond elle arrive aux voûtes éternelles,
Et s'arrête au palais qu'habite le Très-Haut,
Si la foi, dans son cours, ne lui fait point défaut.

III

Et ce palais ressemble aux contours d'une église
Dont l'abside élégante en neuf chœurs se divise.
Au premier rang on voit les pieux séraphins
Qui laissent déborder leurs cantiques divins ;
Et sous leurs ailes d'or dont le prisme s'irise,
Ils inclinent leur front et joignent leurs deux mains.

IV

Le trône des martyrs à leurs côtés se range ;
Et ceux-là devant Dieu sont les êtres bénis
Qu'à ses pieds il assemble et qu'il a réunis,
Pour former dans le ciel l'harmonieux mélange
Où se trouvent liés le martyr avec l'ange ;
Et chacun d'eux reçoit des honneurs infinis.

V

Ils tiennent dans leurs mains la palme du martyre,
Qui tantôt sur leur front s'élance et se retire
Comme un brillant panache, à tous vents agité,
En flottant dans les airs reluit de sa beauté ;
Et ce pieux trophée, objet de leur délire,
Leur assure la vie et l'immortalité.

VI

Entre chaque martyr est une vierge sainte
Qui, victime à son tour, succomba dans l'enceinte
Où le sang des chrétiens fut souvent répandu :
Elle est comme une épouse à qui l'honneur est dû ;
Elle assiste au festin sans rougeur et sans crainte,
Et l'époux lui prodigue un bonheur assidu.

VII

Son corps est revêtu d'une robe légère,
De festons entourée et de myrte et de lierre,
Emblèmes de victoire, emblèmes d'amitié,
Mais d'une amitié sainte où le cœur est lié ;
Où l'âme donne tout, sa vie et sa lumière...
— Dans le ciel c'est trop peu de donner la moitié. —

VIII

Avec les séraphins on aperçoit encore
Ceux qu'un divin amour incendie et dévore;
Ceux dont la charité se montrait en tous lieux,
Ces apôtres du Christ, ces hommes courageux,
Dont la voix s'élevait comme un orgue sonore,
Et, ramenant l'impie, abaissait les faux dieux.

IX

Ces hommes dont la gloire, à jamais éternelle,
N'aura pour les nommer de lyre assez fidèle,
En prêchant l'Évangile ils versèrent leur sang;
Et ce sang leur donnait un trône au premier rang,
Un trône avec des fleurs dont la nuance est belle ;
Et pour qu'on les distingue ils sont vêtus de blanc.

X

On les voit au milieu des antiques prophètes
Que le ciel a choisis pour célébrer ses fêtes.
Aux banquets du vrai Dieu, convives tout le jour,
Ils échangent ensemble un cantique d'amour,
Pendant qu'un arc de flamme illumine leurs têtes
Et que l'encens vers eux s'élève tour à tour.

LE CHOEUR DES CHÉRUBINS.

> Au second chœur sont les Ché-
> rubins, avec Marie, les docteurs
> de l'Eglise et les prédicateurs.

Oh ! vous qui de bienfaits êtes toujours prodigues,
Et comptez des vertus comme un figuier des figues,
Vous pouvez des vrais cieux mesurer le contour,
Vous pouvez oublier vos terrestres fatigues ;
Et, transportés là-haut, dans un élan d'amour,
Vous jouirez au moins du rêve d'un beau jour ;

II

Et s'il vous faut goûter les douceurs éternelles,
S'il vous faut des baisers dont le parfum soit doux ;
S'il faut qu'à votre voix on réponde : Aimons nous ;
Dites aux chérubins : « Prêtez-moi vos deux ailes,
J'aime dans leur éclat leurs vives étincelles ;
Je veux, dans mon ardeur, m'élancer jusqu'à vous. »

III

S'il vous faut un palais vaste comme les plaines
Où peuvent se croiser deux fleuves palpitants ;
S'il vous faut la tiédeur qu'exhale le printemps
Lorsque le vent du soir mesure ses haleines ;
C'est au deuxième ciel que les voûtes sont pleines
D'encens et de parfums dans l'espace flottants.

IV

S'il vous faut la fraîcheur des soupirs de l'aurore,
Ou le souffle embaumé des arbres et des fleurs ;
S'il vous faut un royaume où de vives couleurs
S'échappent des rayons du Dieu que l'on adore,
C'est ici que votre âme à tout prix doit éclore ;
C'est ici que l'on règne avec les saints docteurs.

V

C'est ici que Marie, aux franges d'un nuage
A suspendu son trône élégant comme un nid
Et vaste comme un bloc de marbre ou de granit.
Sur l'azur transparent se mire son image ;
Sa figure revêt la douceur du bel âge
Et les charmants contours qu'en elle Dieu bénit.

VI

Elle est comme un foyer éblouissant de flamme,
Plus beau que le soleil brillant sur l'univers ;
Sa blancheur obscurcit la neige des hivers,
Et du ciel qui l'admire elle est la grande dame
Dont le pouvoir s'étend sur le cœur et sur l'âme,
En s'attirant l'amour de tous les saints divers.

VII

Et parmi tous les saints que protége Marie,
Ceux qui de son beau trône effleurent les hauteurs,
Et qu'on pourrait nommer anges adorateurs,
Sont les hommes fervents qui, loin de leur patrie,
Proclamèrent le Christ et sa Mère chérie,
Et qui durant leur vie étaient prédicateurs.

VIII

Ces hommes courageux en sillonnant le monde
Répandaient le parfum que Dieu mit dans le cœur ;
Ils avaient le sourire, ils avaient la douceur
Pour rendre de Jésus la parole féconde ;
Et jusques dans le ciel leur âme surabonde
De ce charme infini qui grandit leur bonheur.

IX

Ceux qu'un même rayon colore et sanctifie,
Et qui près de Marie ont le même destin,
Et l'admirent de près le soir et le matin,
Sont les graves docteurs, auxquels Dieu se confie,
Dont la chaste prudence encor nous édifie,
Comme étaient les Ambroise et les Thomas d'Aquin.

X

Ils sont là dans le ciel, ils sont là tous ensemble,
Confondant leur science et mêlant leur savoir ;
Un ange devant eux balance l'encensoir ;
Marie, avec amour, à ses pieds les rassemble
Au chœur des chérubins ; et si bien qu'il leur semble
Qu'ils se sont toujours vus et qu'ils doivent se voir.

LE CHOEUR DES TRONES.

> Au troisième chœur sont les
> Trônes et ceux qui ont méprisé le
> monde, comme les saints religieux.

I

Il est un chœur béni parmi les chœurs célestes,
Splendide et superbe avec ses voûtes d'or
Et ses piliers géants qui prennent leur essor
Comme font les arceaux des bâtiments mauresques,
Dentelés et percés en forme d'arabesques,
Que longtemps on contemple et qu'on admire encor.

II

Des voûtes dont l'émail reluit comme l'aurore
Et changent de reflets comme un soleil couchant
Que l'on voit se brunir de moment en moment;
Plus belles qu'un plafond que le peintre colore,
Que son art embellit, que son pinceau décore,
Mais dont le froid sujet reste sans mouvement.

III

Sous ces dômes nombreux et que l'œil voit décroître
Comme la perspective au milieu des grands bois,
On dirait un couvent des moines d'autrefois,
Dont l'ogive élégante enlasse autour du cloître
Les rameaux verdoyants du lierre qui veut croître
Et monter dans les airs comme un son de la voix.

IV

Et dans ces murs percés de fines découpures,
Chef-d'œuvre où l'Éternel se montre tout entier,
Comme un sculpteur habile ou comme un bijoutier,
On aperçoit, vêtus de légères guipures,
De bons religieux dont les âmes sont pures,
Priant et redisant un verset du psautier.

V

Ils ont tous conservé, dans leur nuance antique,
Ces habits réguliers qu'ils portaient au couvent;
Mais ils sont plus légers que le souffle du vent;
Ils n'ont que la couleur pieuse et monastique
Qui sert à distinguer l'ordre cénobitique;
Et là-haut comme ici chacun d'eux est fervent.

VI

Dans le troisième ciel nul amour ne s'altère:
Il déborde, il jaillit comme un volcan en feu;
C'est l'hymne qui redit : Gloire à Dieu ! Gloire à Dieu !
C'est un nouvel écho des chants du monastère,
Plus suave et plus pur, plus tendre et moins austère
Que celui qui vibrait sous l'arche du saint lieu.

VII

A côté d'eux on voit, modestes et pieuses,
Ces anges de la terre aux beaux fronts étoilés,
Colombes dont les yeux furent toujours voilés;
Ces vierges du couvent, nobles religieuses,
Qui passaient de l'église à l'ombre des yeuses
Et rentraient aussitôt dans leurs murs isolés.

VIII

Ces vierges à l'œil pur, au tendre et beau visage,
Belles comme une étoile au milieu d'un nuage,
Répandent dans le ciel des fleurs sur leur chemin,
Qui se laissent glisser de leur soyeuse main ;
Et pendant que l'encens se dissipe et surnage,
L'hymne sort de leur bouche aux franges de carmin.

IX

Épouses de Jésus, ferventes jeunes filles,
Vous régnez maintenant pour avoir combattu
Et méprisé le monde et suivi la vertu ;
Nous entendons encor le claquement des grilles
Qui se fermaient sur vous, si tendres, si gentilles,
Comme un habit de fer dont le corps est vêtu.

X

Jouissez des trésors que le Seigneur vous donne :
Un superbe domaine est par vous habité ;
Il est par l'allégresse et l'amour visité,
Et l'hymne étincelant que votre voix entonne
S'élève et resplendit, se dilate et résonne
Comme un son ravissant par l'écho répété.

LE CHOEUR DES DOMINATIONS.

Au quatrième chœur sont les
Dominations et les prélats de
l'Église.

I

Archanges du Très-Haut, descendez sur ma lyre ;
Mon âme est absorbée et s'arrête en chemin ;
Hâtez-vous d'accourir, offrez-moi votre main ;
Venez, je n'y tiens plus, le ciel fait mon délire :
J'ai besoin d'un regard, j'ai besoin d'un sourire,
Ou bien de ma vigueur je pressens le déclin.

II

Lorsque dans son extase au ciel mon cœur se plonge,
A la terre je dis un éternel adieu ;
Je ne vois que rayons, que lumière et que feu ;
Je suis anéanti comme au réveil d'un songe,
Et je me dis tout bas, lorsque je m'y replonge :
Entre le ciel et moi quel est donc le milieu ?

III

Et déjà dans le rêve où mon âme s'épanche,
J'aperçois un palais de porcelaine blanche,
Où l'on chante toujours dans un air embaumé,
Où l'on brûle l'encens comme nous le dimanche,
Où l'on parle d'amour, où le cœur est charmé,
Et dans lequel on aime autant qu'on est aimé.

IV

Et je dis à mon âme errante dans l'espace :
Franchis comme l'éclair de vastes horizons ;
Monte, monte longtemps de rayons en rayons ;
Un ange devant toi, sur le sentier qu'il trace,
Te dira : C'est ici, mortel, que je te place
Pour contempler le chœur des Dominations.

V

Et ce chœur, je le vois, sans qu'un nuage humide
En ternisse l'éclat qui va toujours croissant ;
Sans qu'une ombre légère absorbe en s'enfuyant
De sa blanche lueur la nuance candide ;
Sans que le messager qui m'annonce et me guide
En trouble le silence ou le recueillement.

VI

Et là, je vois assis, sous des franges de soie,
Les prélats de l'Église avec leurs mîtres d'or ;
De leur bouche entr'ouverte un bruit s'échappe encor ;
Et c'est un chant de gloire, et c'est un chant de joie,
Où l'âme de bonheur se concentre et se noie
De plaisir en plaisir, de trésor en trésor.

VII

Ils sont tous en grand nombre et chantent des louanges,
Dont la douce harmonie arrive aux premiers cieux.
Les papes sont vêtus d'ornements précieux :
Leur éclat rivalise avec celui des anges ;
Ils semblent présider les célestes phalanges
Des princes de l'Église au sourire joyeux.

VIII

On voit les cardinaux avec leur grand costume
Dont la nuance rouge augmente la beauté :
Leur front resplendissant de gloire et de clarté
Est semblable à ces feux que la nuit on allume
Mais que rien ne dissipe et que rien ne consume,
Et dont le vif éclat est au loin reflété.

IX

Sur un fauteuil d'albâtre on voit les archevêques
Comme ils étaient jadis au sein de leurs palais,
Couvrant d'un blanc surplis leurs habits violets ;
Embellis de leur croix ou latines ou grecques,
Et mêlant leurs accords à la voix des évêques
Sous les dômes brillants de leurs antiques dais.

X

Dans le quatrième ciel la gloire est infinie ;
Cardinaux et prélats se reflètent entre eux.
C'est à ne plus compter les rayons et les feux ;
C'est à ne plus entendre et l'air et l'harmonie
Des lyres aux cent voix, de la harpe bénie,
Qui charment les esprits et les rendent heureux.

LE CHŒUR DES PRINCIPAUTÉS.

> Au cinquième chœur, sont les
> Principautés avec les rois et les
> princes qui ont saintement gou-
> verné leurs États.

1

Que pourrait-on nommer dans sa splendeur altière
Qui fût égal au ciel que Dieu garde à nos rois ?
Leurs palais sont bâtis de sable et de poussière
De plâtre et de cailloux et de morceaux de pierre
L'un sur l'autre posés, formant des angles droits
Que le ciseau découpe ou creuse en maints endroits ;

8

II

Et bientôt ces palais que les siècles dévorent,
Chancellent dans leur base et sous leurs grands arceaux;
La pluie et les brouillards changent et décolorent
Ce qu'ils avaient d'éclat, ce qui les rendait beaux,
Et lorsque les rayons du soleil les redorent,
Ils sont presque détruits et tombent en monceaux.

III

Rappelez-vous encor ce qu'était Babylone
Au temps où nos aïeux en vantaient la splendeur,
Lorsqu'elle paraissait sur la brûlante zône,
Orgueilleuse et superbe et comme une amazone
Volant sur un coursier, fière de son honneur...
— Eh bien! qu'est-il resté?... Le cri de la douleur!

IV

Ah! ce n'est pas ainsi dans l'éternel royaume
Où les murs ne sont pas de sable et de granit;
C'est l'œuvre du Seigneur et non celle de l'homme :
C'est le brillant séjour qu'en tous lieux on renomme;
Et dans ce grand palais, c'est là que Dieu bénit
Les princes et les rois qu'ensemble il réunit.

V

Ils ont aussi leur ciel, leur gloire et leur lumière.
Leur joie et leurs transports, leur hymne et leur prière ;
Ils sont vêtus de pourpre et tiennent un laurier,
Emblème précieux à l'âme du guerrier
Qui défendit son peuple et dont la vie entière
Fut l'amour qui, vers Dieu, demande à s'envoler.

VI

Pour rendre leur bonheur plus doux que dans un rêve
Et rappeler en eux des souvenirs passés ;
Pour que de leurs plaisirs la douceur ne s'achève,
Ils tiennent dans leurs mains et le sceptre et le glaive,
Joyaux étincelants, sculptés et damassés,
Sur lesquels leurs blasons sont encore tracés.

VII

Oh ! qu'ils sont beaux à voir avec leur diadème
Et toute la splendeur des royaux ornements !
Leurs colliers sont formés des plus purs diamants,
Dont l'éclat flamboyant s'augmente par lui-même ;
Et les étoiles d'or de la voûte suprême
Se croisant sur leurs fronts glissent à tous moments.

VIII

Au milieu des plaisirs et des chastes délices,
Le même ciel rassemble auprès de leurs époux
Ces reines dont le nom se prononce à genoux :
Les Berthe, les Clotilde... et les impératrices
Qui régnaient sur la foule en se montrant propices
A ceux que le malheur frappait dans son courroux.

IX

Le ciel est leur patrie et leur vaste demeure.
Leur règne existe encore aussi grand qu'autrefois ;
Leur gloire est confondue avec celle des rois :
Elles n'attendent rien ni du jour ni de l'heure ;
Elles ont tout reçu, leur part fut la meilleure,
Et l'éternel cantique est l'écho de leurs voix.

X

De leur riche palais la couleur transparente
Imprime sur leurs fronts une clarté mouvante ;
Et, semblable aux reflets que jette dans la nuit
La lune sur un lac dont l'eau semble dormante,
Un disque étincelant dans les airs s'arrondit
Et plane sur leur tête où leur gloire reluit.

LE CHOEUR DES PUISSANCES.

> Au sixième chœur sont les Puis-
> sances et les vierges qui ont vaincu
> le monde.

I

Que vous rendre, ô Seigneur, pour vos bontés sans nombre
Lorsque vous m'éclairez par vos regards divins ?
De quel hymne mon cœur prendra-t-il les refrains
Lorsque tout sur la terre est si triste et si sombre ?
— Un lumineux rayon est effacé par l'ombre
Comme sous les ormeaux qui bordent les chemins !—

II

Jusqu'au faite du ciel vous m'offrez une voie
Où souvent je m'élance entrainé par l'amour,
Et mon cœur satisfait exalte tour à tour
Ces vastes régions où l'on trouve la joie ;
Et dans les flots mouvants où mon âme se noie,
Je dévoile à mes yeux la lumière et le jour.

III

Aujourd'hui j'ai surpris ces régions nouvelles
Où les vierges du ciel chantent des airs pieux ;
Où l'hymne dans leur bouche est plus mélodieux
Que les tendres propos des amantes fidèles ;
En elles tout est pur, leurs figures sont belles,
Et leurs touchants attraits sont dignes d'être aux cieux.

IV

Ces vierges que l'on aime ont oublié la terre
Où la peine renait avec le lendemain ;
Où tout n'est que tristesse, ignorance et chagrin
Où de légers plaisirs ont leur douleur amère...
— Eh ! qu'importe à notre âme une joie éphémère,
Lorsque notre dépouille en une heure prend fin ?

V

Dans ce chœur virginal, ces anges ont leurs fêtes ;
— Et de ce beau nom d'ange on aime à les nommer —
Leur regard est si doux qu'elles se font aimer
Comme les belles fleurs dont s'entourent leur têtes :
Pour redire leurs noms plusieurs lyres sont prêtes,
Et de joyeux accords viennent les consumer.

VI

Elles gardent toujours, pour doubler notre extase,
Leur mystique sourire, image de douceur ;
Elles font naitre en nous cette chaste langueur
Qui vient lorsqu'on admire et lorsque l'on s'embrase;
Et l'esprit se demande au sein de quel beau vase
Elles ont conservé le parfum de leur cœur.

VII

Et ce parfum ressemble à ces vapeurs légères
Qui s'échappent de l'urne où brûle un encens pur,
Et qui, toujours montant, se mêlent à l'azur.
Comme la fleur des champs, sur de hautes collines,
Semble puiser sa vie au pied de ses racines
Et donne à son arôme un vol splendide et sûr.

VIII

Semblables à ces feux qui roulent en cadence,
Croisant et décroisant leur disque harmonieux,
Et dessinant là-haut des rayons lumineux,
Ces vierges dans le ciel brillent par l'innocence
Qui reluit sur leur front, dans sa magnificence,
Et font de leurs vertus la lumière des cieux.

IX

Qu'elles jettent sur nous une vive étincelle
Pour réchauffer notre âme et la conduire à Dieu ;
L'espérance et l'amour sont les rayons de feu
Dont notre cœur réclame une seule parcelle,
N'eût-t-elle d'autre éclat que le reflet d'une aile
Des séraphins penchés aux portes du saint lieu.

X

Ah! dans ce grand royaume où le Seigneur est maître,
Bienheureux est celui qui peut se faire admettre,
Et qui trouve un abri dans les célestes chœurs
Lorsqu'une voix lui dit : C'est là que tu dois être ;
Le trône où tu t'assieds est celui des vainqueurs :
Tu peux mêler ton hymne aux transports de nos cœurs.

LE CHŒUR DES VERTUS.

Au septième chœur sont les
Vertus, avec les prêtres de l'Église.

I

Oh ! que l'amour du prêtre est visible et suprême !
De cet homme de bien voyez la charité,
N'eût-elle qu'un sourire éclos avec bonté,
Et lorsqu'il n'a plus rien il se donne lui-même
Avec l'or de son cœur, ce vrai bien que l'on aime
Comme une fraîche brise après un jour d'été.

II

Il donne à notre vie une douceur mystique
Qui ravive et bénit comme l'eau du Jourdain,
Qu'allait puiser saint Jean dans le creux de sa main ;
Et le cœur attristé n'est plus mélancolique,
Il goûte les parfums du baume évangélique,
Arômes précurseurs du céleste jardin.

III

Et ce jardin céleste où le prêtre nous guide,
Brillant et reluisant de l'éclat des rubis,
C'est celui du pasteur et celui des brebis.
Nous sommes les brebis courant sur l'herbe humide,
Et dans le bois, c'est nous qu'attend le loup avide ;
Mais le pasteur est là... les loups se sont enfuis.

IV

Si le danger augmente, il veille avec prudence,
Et les loups jusqu'à lui ne seront pas venus
Sans qu'en nommant le Christ ils ne soient déjà plus.
Et cet homme à l'œil chaste, au cœur plein d'innocence,
Du Très-Haut recevant le ciel pour récompense,
Se trouvera placé dans le chœur des Vertus.

V

Dans ce chœur magnifique, oh ! que la vie est douce !
On dirait un jardin des plus grands, des plus beaux,
Où le palmier d'Asie étale ses rameaux ;
Le sol est recouvert de verdure et de mousse,
Et l'âme ne reçoit ni trouble ni secousse,
Lorsque de la prière elle redit les mots.

VI

Ce séjour est rempli de calme et de mystère ;
Des étoiles du ciel on aperçoit les feux.
Mais pour rendre le prêtre encore plus heureux
Et grandir le bonheur qu'il avait sur la terre,
Il voit comme au jardin de l'humble presbytère
Des arbres et des fleurs et des fruits savoureux.

VII

Si Dieu fit les jardins où le prêtre s'abrite,
C'est pour qu'au sein des fleurs il y puisse éprouver
Le plaisir de les voir s'accroître et s'élever ;
Et lui, dans ces parfums qui planent sans limite,
Il dirige son vol où le charme l'invite,
Et comme un cygne il peut et monter et rêver.

VIII

En parcourant du ciel les nombreuses phalanges,
Il voit plus d'une vierge à qui son nom fut doux ;
Il rencontre une épouse auprès de son époux
Qui sans lui n'auraient pas leur part avec les anges,
Ou qui seraient privés de mêler leurs louanges
A l'éternel cantique où l'on chante avec tous.

IX

C'est au prêtre qu'est dû leur mérite et leur gloire,
C'est lui qui, dans la vie, a nourri leurs vertus
Et qui les releva s'ils furent abattus.
C'est à lui que revient l'honneur de la victoire ;
A lui donc les reflets dont leur âme se moire
Et l'éclat des rayons sur leurs fronts répandus.

X

L'humilité du prêtre exalte nos délires,
Disent les chérubins en montrant leurs sourires ;
C'est lui qui nous envoie un habitant de plus,
Lorsque d'un vrai chrétien les jours sont révolus ;
C'est lui qui fait mouvoir nos harpes et nos lyres,
Et c'est lui qui du ciel augmente les élus.

LE CHOEUR DES ARCHANGES.

> Au huitième chœur sont les
> Archanges et les pieux dévots qui
> ont observé les œuvres de miséri-
> corde.

I

Archanges, augmentez la joie et l'harmonie
Qui vibrent dans vos chœurs et sous vos plectres d'or :
Chantez, chantez toujours, je vous écoute encor !
J'aime de vos échos la douceur infinie ;
Ils descendent en moi comme une voix bénie
Qui charme et qui séduit à l'heure où l'on s'endort.

II

Chantez le nom des saints que votre chœur rassemble;
Chantez au bruit de l'onde, au souffle des zéphyrs;
Chantez sous un ciel pur, sous vos dais de saphirs;
A l'ombre des palmiers, sous les feuilles du tremble;
Chantez avec les saints; chantez, chantez ensemble
L'hymne de la victoire et l'hymne des martyrs.

III

Vous êtes protégés parmi les chœurs célestes;
Vous comptez plus de saints que les mers n'ont de flots.
C'est vous qui rassemblez tous ces pieux dévots
Qui priaient sur la terre avec leurs airs modestes,
Joignant et déjoignant leurs mains dans tous leurs gestes
Surtout quand une faute attirait leurs sanglots.

IV

Vous possédez encore, enivrés de délices,
Ces hommes égarés que la voix du Seigneur
Vint toucher pour leur rendre un rayon de bonheur;
Ces hommes qu'on voyait le dimanche aux offices,
De ce jour consacrant au vrai Dieu les prémices.,
Et priant comme on prie aux heures de ferveur.

V

Vous régnez au milieu des humbles de ce monde,
Qui, vivant dans la foule, au centre des tourments,
Consacraient au Seigneur leurs doux embrasements ;
Nous en voyons encore où la sagesse abonde,
Renfermant dans leurs cœurs une source féconde
Qui dans le ciel aura de grands debordements.

VI

Et lorsque leur dépouille, aux flancs noirs de la terre,
Dormira dans sa couche ou dans un froid caveau,
Leur âme, s'éclairant comme un brillant flambeau,
Volera dans ce globe où tout est sans mystère,
Où le jour est sans ombre, où la nuit reste claire ;
Et s'écriera, disant : Que mon royaume est beau !

VII

Réjouis-toi, mon âme, et plane dans ce vide
Où de l'onde on n'a pas le flux et le reflux ;
Réjouis-toi, mon âme, au séjour des élus.
Comme un vaisseau nageant sur une mer limpide
Que nul souffle n'agite et que nul vent ne ride...
De ce vaste Océan tu ne sortiras plus.

VIII

L'ensemble est magnifique et lorsque l'œil s'y plonge
Il goûte les douceurs de l'extase et du songe ;
Il se perd dans la gloire et dans les arcs de feu
Dont l'éclair flamboyant se croise et se prolonge
Tantôt sur un fond blanc, tantôt sur un fond bleu ;
Et ce jet de lumière arrive jusqu'à Dieu.

IX

C'est ici que l'on trouve et l'amour et la vie.
Ici l'on n'attend plus, l'espérance prend fin ;
Ici l'on n'a plus soif, ici l'on n'a plus faim ;
Des gloires de chacun nul ne ressent l'envie ;
Tous d'un même bonheur ont leur âme ravie ,
Et l'on se trouve heureux archange ou séraphin.

X

Archange ou séraphin, c'est la moindre des choses,
Lorsqu'on est dans le ciel on peut le devenir.
L'âme est comme un volcan toujours prête à grandir ;
Et s'il plait au Seigneur, dans ses métamorphoses,
De nous changer en ange avec des ailes roses,
Il n'a qu'à le vouloir... il n'a qu'à nous bénir.

LE CHOEUR DES ANGES.

Au neuvième chœur sont les
Anges et les petits enfants.

I

Beaux anges, entonnez un céleste cantique :
J'aime les harpes d'or résonnant sous vos doigts ;
J'aime le doux concert où se mêlent vos voix ;
J'aime de vos accords la suave musique
Où l'air toujours nouveau se mêle à l'air antique,
Et vos chants immortels qui vibrent à la fois.

II

Chantez comme l'on chante aux jours où dans vos fêtes
De myrte et de laurier Dieu couronne vos têtes.
Vous habitez du ciel ce chœur éblouissant
Où tout n'est que douceur et transport innocent ;
Et là-haut vous sonnez du cor et des trompettes
Lorsqu'au milieu de vous s'envole un jeune enfant.

III

Vous lui dites alors : Chante comme les anges
Nos cantiques divins, nos sublimes louanges ;
Ta voix est un accord qui se mêle à nos voix ;
Tu peux, comme un guerrier, te joindre à nos phalanges,
Pour louer et bénir le roi de tous les rois.
Chante, petit agneau, chante encore une fois.

IV

Oui, là-haut c'est le ciel ; le ciel de l'innocence,
Où, goûtant des plaisirs qui nous sont inconnus,
De blonds petits enfants sont déjà parvenus.
C'est l'éternel royaume où s'abrite l'enfance,
En nous laissant, à nous, les cris et la souffrance,
Et pour elle gardant des plaisirs ingénus.

V

C'est là que dérobés aux baisers de leur mère,
Ces anges caressants ont trouvé le bonheur ;
Et ce bonheur n'est pas une joie éphémère,
Qui, semblable aux plaisirs de cette vie amère,
Donne le trouble à l'âme et l'amertume au cœur,
Mais un bonheur éclos de l'amour du Seigneur.

VI

Ainsi de vos beaux yeux, mère, arrêtez vos larmes ;
Chassez de votre esprit le trouble et les alarmes :
Cet enfant qui n'est plus au ciel s'est envolé
Sur un nuage en feu, sur un arc étoilé ;
L'innocence et l'amour furent ses belles armes,
Et Dieu, dans son royaume, à lui l'a rappelé.

VII

Oh ! lorsque votre sein palpite et se soulève,
Comme fait sur les mers la vague en s'agitant,
Mère, ne pleurez pas, au ciel est votre enfant.
Vous verrez son image embellir votre rêve ;
Et sans que le printemps recommence ou s'achève,
Dieu fera naître en vous un ange aussi fervent.

VIII

Il brille dans le ciel comme fait une étoile
Qu'un nuage embellit et qu'un autre dévoile ;
Il est beau dans sa gloire, et sa beauté reluit
Comme les feux errants détachés du grand voile,
Qui glissent dans l'espace, et, sans faire du bruit,
Illuminent leur route au milieu de la nuit.

IX

C'est ainsi que l'on voit dans le grand chœur des anges
Ces enfants tout petits de gloire revêtus ;
Et comme eux tout est beau dans les saintes phalanges
Les fêtes ont leur jour, les saints ont leurs louanges,
Et les orgues du ciel jamais ne se sont tus ;
Leur musique est la voix qui redit nos vertus.

X

Enivré des splendeurs de ce lieu magnifique,
J'emporte dans mon âme un souvenir mystique
Dont le charme chrétien me poursuivra toujours ;
Et si ma lyre a peint vaguement les contours
D'un royaume plus beau que nul royaume antique,
C'est qu'elle fut bercée en de chastes amours.

FIN DES RÉGIONS DU CIEL ET DU LIVRE TROISIÈME.

LIVRE QUATRIÈME.

—

POÉSIE INTIME.

A***

Eh quoi ! ma douce amie, un moment de tristesse
A ton cœur donnerait la douleur qui l'oppresse ?
Ton sourire joyeux serait-il envolé
Vers un monde idéal qui l'aurait appelé ?
Tes yeux, miroir d'amour, se sont mouillés de larmes,
Ton âme est donc en proie à de vives alarmes ?
Quel trouble et quel chagrin veulent ternir ton front
Avant l'heure où nos cœurs vers Dieu s'envoleront ?

Tu veux pleurer? Eh bien ! pleure, ô ma bien-aimée,
Les pleurs embelliront ta paupière fermée,
Et tes yeux par la suite en seront plus brillants ;
Leurs reflets seront doux, tendres et bienveillants.
La campagne est plus belle après un jour de pluie,
Lorsqu'un brûlant soleil en une heure l'essuie ;
Les chênes des forêts, si beaux dans leur splendeur,
Après un soir d'orage augmentent leur verdeur.

Et toi, plus belle encore essuyant ta paupière,
Tu seras à mes yeux comme un ange en prière.
Pleure, pleure longtemps, les larmes te vont bien ;
Aux heures de tristesse elles sont un soutien.
Mais pour les savourer avec joie ou délices,
De ton âme candide emplis tous les calices ;
Qu'elle soit un ruisseau pour te désaltérer,
Le jour où tes beaux yeux cesseront de pleurer.

A TOI!

I

Mon cœur ému pour toi soupire,
Lorsque mes yeux cherchent tes yeux,
Si j'aperçois ton frais sourire
Ou ton front pur et gracieux.

II

Le ciel reproduit ton image :
Ton miroir c'est l'immensité,
Et dans la vague du nuage
On retrouve encor ta beauté.

III

Enfant, vois comme ton œil brille
Et me lance un regard de feu !
C'est ton amour, ô jeune fille,
Qui sourit à mon tendre aveu.

IV

Ton nom que prononce ma lyre,
C'est mon hymne au refrain sacré ;
Mon cœur l'exalte avec délire
Dans ce chant qui t'est consacré.

V

En moi ton souvenir repose
Comme un ensemble harmonieux,
Et je te vois dans chaque chose
Dont le charme attire mes yeux.

VI

Ah ! bien des fois mon âme avide
En toi seul a trouvé l'espoir ;
L'espoir qui remplit un cœur vide,
Un cœur qui s'enflamme à te voir.

VII

Plus belle que les belles roses
Dont la nuance a pu charmer,
Ta joue a des teintes plus roses
Qui me font vivre pour t'aimer.

VIII

Je t'ai vue, un jour, sous les branches
De l'arbre aux virginales fleurs,
Effeuillant les corolles blanches
Qui t'embaumaient de leurs odeurs.

IX

Ces fleurs deviennent ton symbole,
Et l'oranger fleurit pour toi ;
Son doux parfum qui me console,
C'est ton souffle qui passe en moi.

LA FLEUR QU'ELLE AIME.

I

Oh ! fleur amoureuse et charmante,
Fleur au parfum suave et frais,
Que dans les bois je cueillerais
Pour mettre au sein de mon amante.

II

Fleur modeste que je chéris
Mieux que le lis ou la verveine,
Tu m'embaumes par ton haleine,
Tu me plais par ton coloris.

III

J'aime ces teintes violettes,
Ces teintes de jour et de nuit,
Qu'un peintre, auprès de toi conduit,
Étalerait sur ses palettes.

IV

Ma muse avec toi devient sœur,
Car elle-même t'a choisie
Pour mêler à ma poésie
Ta modestie et ta douceur.

V

Ton parfum qui monte et s'exhale
En imperceptibles vapeurs,
Berce les âmes et les cœurs
Comme un rêve sans intervalle.

VI

Avec toi, je rêve d'amour
Pour mon amante bien-aimée,
Celle que mes vers ont nommée
Ange ou colombe tour à tour.

VII

Elle aime la fleur azurée
A qui je donne le baiser
Qu'en amant je voudrais poser,
Le soir, sur sa joue adorée.

VIII

Ce frais cadeau, sitôt fané,
C'est toi, violette de Parme,
Qu'elle met, pour s'en faire un charme,
Sur son cœur pur qui m'est donné.

ENCORE A TOI.

Encore à toi l'amour dont le transport m'entraine
Comme dans les combats un athlète vainqueur !
Ton souvenir pieux me conduit dans l'arène
    Le calme au front, la joie au cœur ;
Et ta voix ingénue, à l'heure où je sommeille,
    Me séduit, me berce et m'éveille
    Comme un joyeux refrain d'amour ;
Et ce joyeux refrain, dont mon âme est bercée
Flotte, flotte longtemps, de pensée en pensée
    Durant la nuit, durant le jour.

Je vous l'ai dit, mon Dieu, combien je l'aime encore !
Vous me l'avez donnée ; aussi je vous bénis.
C'est-elle, qu'après vous, à chaque instant j'adore,
    Depuis que nos cœurs sont unis.
Dans mes hymnes d'amour c'est elle qui m'inspire ;
    Je l'aime avec son frais sourire,
    Toujours candide et toujours beau.
Quand elle clôt la nuit sa paupière vermeille,
Je contemple à genoux, l'amour me le conseille,
    Ses traits dignes d'un grand pinceau.

De ses légers soupirs le souffle qui m'effleure,
Ressemble au doux parfum des roses d'Orient ;
Et de tous les mortels ma part est la meilleure,
    Si je la contemple en priant.
Oh ! qu'elle est belle alors !... On dirait un bel ange
    Sous la dentelle et sous la frange
    Des rideaux soyeux et mouvants.
Dans ces plis azurés, sa blancheur se reflète,
Et des arcs lumineux scintillent sur sa tête,
    Comme ceux des anges fervents.

Que de fois je bénis l'hymen qui nous rassemble !
Il est si doux d'aimer un cœur fait pour le sien,
De vivre et de mourir, ou de rester ensemble,
    Et d'être deux pour être bien.
Je l'aimerai toujours, c'est Dieu qui me l'ordonne ;
    Son cœur renferme la couronne
    Qu'au ciel je verrai sur son front ;
Et là-haut comme ici, sur sa couche endormie,
Je lui dirai : Je t'aime, ô ma fidèle amie...
    Et nos cœurs vers Dieu monteront !

A LEYBACH.

Lorsque de tes accords j'écoute l'harmonie,
Un doux enivrement effleure tous mes sens ;
Et mon luth de poëte... et mon faible génie
Ne sauraient égaler tes sublimes accents.

Sous les voûtes du temple un bruit se fait entendre,
Et l'orgue harmonieux, frémissant sous tes doigts,
Apporte à notre cœur cette voix douce et tendre
Que toi-même, du ciel, à l'instant tu reçois.

Il est bien doux, ami, dans cette vaste enceinte,
De rappeler à l'âme un sentiment divin
Et de mêler aux sons de ta musique sainte
La prière du soir ou celle du matin.

Puisses-tu bien longtemps charmer ainsi notre âme
Et prodiguer en nous d'ineffables douceurs ;
Musique et Poésie !... oh ! c'est la même flamme...
Et nos lyres seront éternellement sœurs.

A LA MÉMOIRE

DU DOCTEUR HENRI TEILLIER.

Faut-il que l'amitié s'arrête au cimetière,
Lorsque l'on porte un corps allongé dans sa bière ?
Faut-il que l'on oublie un véritable ami,
Victime comme toi, dans sa tombe endormi ?
Non, non, tu dois survivre à toutes nos pensées :
Des larmes à ton nom seront toujours versées ;
Nos prières, nos vœux porteront jusqu'au ciel
De tes nobles vertus le triomphe éternel ;
Et s'il te fallait plus, des fleurs, une couronne,
Eh bien ! au nom de tous, ma lyre te les donne.

Hier, dans la journée, à l'heure où le soleil
Brillait sur ta demeure et dorait ton sommeil,
Je suivais tristement cette funèbre allée
Qui mène les vivants à ton blanc mausolée.
La crainte ou la douleur faisait hâter mes pas,
Et longtemps j'ai senti mon cœur battre tout bas.
Pendant qu'il se formait des pleurs dans mon orbite,
Qui roulaient vaguement et que j'essuyais vite,
Mes deux genoux ployés, je récitais pour toi
Les prières qu'aux morts réserve notre foi.
Je dis quelques *Ave* pour invoquer Marie ;
Et quand de mes sanglots la source fut tarie,
En demandant à Dieu ta place en paradis,
J'avais ouvert mon livre et dit : *De Profundis.*
Du ciel, où je te crois, tu me vis sans nul doute.
Ta dépouille dormait sous une épaisse voûte ;
Mais ton âme vivante, en ce moment pieux,
Sur moi, pour un instant, dut reposer les yeux.

Pour donner à ton nom une éternelle gloire,
J'écris cette louange, offerte à ta mémoire ;
Accueilles-en l'hommage et crois à mes douleurs,
Car pour toi, dans mes yeux, je sens rouler des pleurs !

PAUVRE THÉRÈSE !

Tu n'es donc plus, pauvre Thérèse !
La faux impitoyable a moissonné ton corps,
Et depuis ce moment une douleur me pèse
    Et je te pleure chez les morts.

Pour toi mes yeux sont pleins de larmes ;
Encor pour toi j'écris ces vers dans ma douleur...
Oh, vrai ! je n'y tiens plus, je dépose mes armes
Et je dirai ton nom dans un instant meilleur.

Aujourd'hui quatre Mai ! la plaine est déjà verte ;
Et pour l'ensevelir la terre s'est ouverte.
        O lamentable souvenir !
J'ai même remarqué, pour que nul ne l'oublie,
Que le ciel répandait une abondante pluie.
        Hélas ! c'était pour te bénir.

        Demain, ou dans huit jours peut-être,
Sous mes doigts il naîtra pour toi des vers plus beaux
        Ah ! crois-moi, je n'y saurais mettre
Ni plus tendres regrets, ni plus douloureux mots !

        Adieu, je t'offre cette page,
Comme de ma tendresse étant le plus doux gage ;
Au ciel je te l'envoie, et si tu me souris,
Les pleurs de ma jeunesse auront reçu leur prix.

VERS

DANS LES CHAMPS.

Je me tourne, et partout du blé, toujours du blé :
Le vide en nos greniers sera vite comblé.
Les enfants ont sarclé les bleuets et les herbes ;
Cette année on aura de magnifiques gerbes.
O vous, maîtres des champs, dites aux moissonneurs :
Laissez quelques épis pour les pauvres glaneurs.

Vous savez que le Christ exige que l'on donne ;
Donnez, car vous avez une récolte bonne.
On voit sur le côteau le trèfle et le sainfoin
Qui grandissent ensemble et coûtent peu de soin :
Donnez, si vous voulez qu'à la prochaine année
Une égale abondance encor vous soit donnée.

A. la briquetterie d'Auterive.

A CAPÉ.

De Paris la grand'ville, illustre relieur,
Toi qui sais embellir les œuvres du poëte,
Et d'un livre élégant, où ton goût se reflète,
Fais valoir le mérite et doubles sa valeur ;

Toi, dont le nom brillant se lit avec bonheur
Sur les in-folio comme sur la plaquette,
Joyaux purs et sans prix que l'amateur achète,
Reçois, dans ton triomphe, et la gloire et l'honneur.

Je veux, pour te charmer, que ton nom se redise
Des rives de la Seine aux bords de la Tamise :
Et sur tous ces bijoux où ton nom est frappé,

Je veux, en les voyant, que la foule s'écrie :
Ces livres sont charmants ; ils sont, je le parie,
De ce grand relieur que l'on nomme Capé.

Paris.

TOULOUSE.

VILLANELLE.

Toulouse aura ma villanelle.
C'est mon pays, pays à moi;
A lui serai toujours fidèle.

A sa patrie est-on rebelle?
Non, je ne crois; — avec ma foi
Toulouse aura ma villanelle.

Que mon pays se renouvelle,
Ou reste ainsi que je le voi
A lui serai toujours fidèle.

C'était jadis la citadelle
Aux vieilles tours pleines d'effroi ;
Toulouse aura ma villanelle.

On y fêta Mars et Cybèle.
Dans ce pays vint plus d'un roi ;
A lui serai toujours fidèle.

De la vertu c'est le modèle,
Et je redis, de bon aloi :
Toulouse aura ma villanelle.
A lui serai toujours fidèle.

FIN DU LIVRE QUATRIÈME

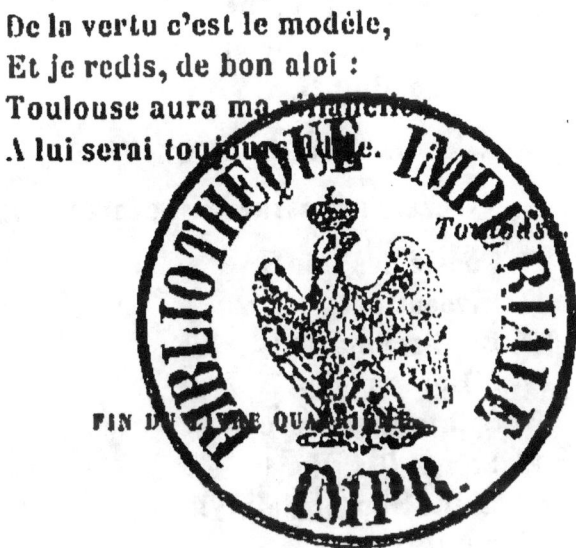

TABLE DES MATIÈRES.

—

LIVRE PREMIER.

ANATHÈMES ET LOUANGES.

LIVRE DEUXIÈME.

POÉSIE DES SAINTS ET POÉSIE BIBLIQUE.

FIN DE LA TABLE.

CHEZ LE MÊME ÉDITEUR.

—